그날 물고기는 죽었다

그날 물고기는 죽었다

브리기테 윙거 지음 이기숙 옮김

씨드북 Seedbook

1.

 가장 늦게 수영장을 빠져나온 펠릭스는 한 번에 두 계단씩 뛰어 출구로 내려갔다. 이미 거리로 내려섰을 때, 뒤에서 육중한 유리문이 큰 소리를 내며 닫혔다. 펠릭스는 몇 미터를 가다 급히 오른쪽으로 방향을 틀어 곧장 다음 교차로까지 내달렸다. 주위에 아무도 없었다. 벌써 다들 가 버린 걸까 생각한 순간, 다른 땐 늘 기다려서 탔던 버스가 정류장으로 들어왔다. 펠릭스는 치익 소리를 내며 느릿느릿 열리는 버스문을 초조하게 바라보다가 차에 올라탔다. 그리고 곧장 뒤쪽 자리로 돌진했다.

 "이봐, 학생! 티켓은?"

 펠릭스는 급히 걸음을 멈추고 재킷 주머니를 뒤져 학생증을 꺼낸 뒤 앞으로 갔다.

"아무리 막차라도 공짜는 아니지."

버스 기사는 펠릭스의 학생증을 흘끗 바라보더니 문제가 없다는 걸 알고 고개를 끄덕였다.

막차? 왜 막차지? 펠릭스는 그때서야 평소와 달리 버스가 텅 비었다는 걸 깨달았다. 맨 뒷줄에 자리를 잡고나자 갑자기 이상하게 누가 훼방을 놓는 느낌이 들었다. 집까지 걸어서 갔으면 좋았을 뻔했다. 그러나 마음과 달리 펠릭스는 지금 여기에 꼼짝도 못하고 앉아 있다. 정상적인 시공간에서 벗어나 느닷없이 다른 은하계로 내던져진 것 같았다. 모든 게 다르고 낯설게 느껴졌다. 그런 이곳에도 버스가 있다. 버스 기사도 있다. 파란색 좌석, 노란색 봉, 그리고 위에 대롱대롱 매달린 회색 손잡이도 있다. 펠릭스는 손잡이를 세기 시작했다. 손잡이에서 손잡이로 껑충껑충 시선을 옮기며 계속 앞으로 나아갔다. 그러다 손잡이를 구분하기 어려워지는 지점에 이르렀다. 저기 버스 기사가 앉아 있는 오른쪽에는 손잡이가 두 갠가? 아니면 하나뿐인가? 몇 개면 어떤가. 그건 중요하지 않다. 펠릭스는 왼쪽을 훑으며 뒤로 이동했다. 쉰넷? 처음부터 다시 세기 시작했다. 창밖으로 스쳐 지나가는 들판은 저녁 어스름에 묻혀 잘 보이지 않았다. 정류장 안내 방송 소리에 매번 몸을 움찔하며 중단하긴 했지만 펠릭스는 계속 손잡이를 셌다. 안내 방송은 다른 때보다 유난히 더 시끄럽게 들렸다. 버스가 다음 동네에 도착하자 기사는 커브 길에서 기어를 한 단 낮췄다. 주변에 아무도 없었다. 다음 정류장에서 버스는 속도만 늦추고 제대로 정차하지 않았다. 타고 내리는 사람이 없었기 때문이다. 라벤더 길. **여긴 아니야.** 마지막 구간이라도 걸어가려면 지금 내려야 했지만 버스는 벌써 가속 페달을 밟았다. 이미 늦었다. **또 잘못된 결정.** 펠릭스는 창밖을 바라보다가 갑자기 버스가 이대로 멈추지 않고 쭉 달렸으면 좋겠다고 생각했다. 차를 타고, 밖을 내다보고, 손잡이를 세는 길 위의 삶. 이 세 가지 행동밖에 할 수 없는 삶을 산다면 펠릭스는 새로운 존재가 될 수 있을지도 몰랐다. 과거와 미래를 생각하지 않아도 살아지는, 눈만 달린 완전히 텅 빈 존재.

달리아 길. 안내 방송 목소리가 오늘따라 왜 저렇게 시끄럽지? 펠릭스는 얼른 하차 벨을 눌렀다. 버스가 브레이크를 밟았다. 문이 치익 열리는 소리가 고막을 파고들었다. 몇 걸음 걸어가자 나무 위에서 검은지빠귀가 저녁을 알리는 울음소리를 냈다. 어둠이 내려앉으면서 새가 세상에 남기는 소리였다. 누가 소리를 죄다 저렇게 고음에 맞춰 놨지?

펠릭스는 제라늄 길로 접어든 뒤 인도에 깔린 포석을 세기 시작했다. 어쩌다 눈길이 도로 표지판에 가 머물렀다. 계속 포석을 세는 동안 그의 머릿속에 다른 생각이 떠올랐다. 옛날엔 항상 이 길을 제라늄이 아니라 '제라니움' 길이라고 생각했던 게 기억났다. 당시 그는 2학년이었다. 막 이곳으로 이사 와 낯설던 때였다. 펠릭스는 어깨를 웅크리고 조용한 거리를 계속 걸었다. **예순셋.** 단독주택들이 포장한 성냥갑처럼 나란히 붙어 있었다. 전형적인 교외 지역에다 생기 없고 따분한 곳. 이곳에 절대로 적응하지 못할 거라는 걸 펠릭스는 이미 그때 알고 있었다. **내가 내린 결정이 아니었잖아!** 젠장, 머릿속에서 맴도는 말조차 평소보다 크게 들렸다. 왼쪽에 목련 길이 나타났다. **멍청한 꽃.** 잘 보이지 않았지만 펠릭스는 다시 포석을 세기 시작했다. 무엇이 됐건 수영장을 생각하는 것보단 나았다. 샤워실. **서른넷, 서른다섯, 서른여섯.** 힘들었지만 효과가 있었다. 집 네 채를 더 지나자 그가 사는 '성냥갑'이 보였다. 집은 완전히 어둠에 묻혀 있다시피 했다. 안에서 새어 나온 가느다란 빛줄기가 현관문 옆 부엌 창문까지 뻗어 있었다. 엄마가 텔레비전 앞에 앉아 있었다. 펠릭스는 조심스럽게 문을 연 뒤 소리를 내지 않으려고 애썼다.

2.

"펠릭스?"

막 신발을 벗고 위층 방으로 통하는 나무 계단을 올라가려는 순간 엄마 목소리가 그를 낚아챘다.

"부엌 냄비에 토르텔리니 남았어. 데워서 먹으면 돼. 위에는 안 올라가 봐도 되지? 엄마 완전히 기진맥진이야."

친숙한 목소리. 엄마가 계단 옆 작은 화장실에 처박아 둬서 희미하게 풍겨 오는 향수 냄새. 텔레비전 소리. 이 평범한 일상이 펠릭스를 숨 막히게 했다. 모든 게 전과 다름없었다. 오직 펠릭스만 예전과 다른 사람이었다. 내쫓긴 자. 이 깨달음이 온몸을 훑고 지나갔다. 목에서 내장까지, 날카로운 칼처럼.

"펠릭스? 내려올 거니? 〈백만장자〉 해. 오늘 특별 방송이야. 늦었구나."

펠릭스는 거실 문 맞은편 나무 계단에 앉아 눈을 감았다.

"금방 가요."

펠릭스는 두 팔로 몸을 감싸 안고 내면의 산소 부족 상태를 극복하려 애썼다. 여기에 있는 익숙하고 당연한 모든 것들과 펠릭스 사이에 거대한 틈이 벌어져 있었다. **이 구덩이에서 어떻게 빠져나가지?** 작은 발걸음만 내디디면 되는 거였다. 오직 펠릭스 자신만이 그걸 알고 있으니까. 이 집에서, 꽃 이름이 붙은 이 '꽃동네'에서, 그리고 이 세상에서 자신이 이방인이 되었다는 사실을. 그를 둘러싼 평범한 일상은 전과 다름이 없었다. 거기에 맞춰 자신도 아무렇지 않은 척 굴어야 할 것만 같았다. 엄마 목소리가 다시 들렸다.

"내려올 거니? 8000유로짜리 퀴즈야. 1976년 몬트리올 남자 자유형 100미터 챔피언이 누구였지? 제임스 몽고메리, 제리 하이덴라이히, 블라디미르 부레, 아니면?"

"마크 스피츠."

이름 하나가 펠릭스를 맞은편 세상으로 건네주는 다리 역할을 했다. 펠릭스는 정신을 가다듬고 일어나 부엌으로 가서 토르텔리니를 데웠다. 아직 이런 걸 할 수 있다는 것을 확인하니 마음이 가벼워졌다. 접시를 들고 거실로 갔을 때 다행히 수영 선수 퀴즈는 지나간 뒤였다. 펠릭스는 엄마와 함께 소파에 앉아 두 다리를 탁자에 올리고 식사를 시작했다. 엄마가 가까이 다가와 펠릭스의 머리칼을 흐트러뜨리며 말했다.

"아들, 어때, 별일 없지?"

펠릭스가 거칠게 머리를 옆으로 뺐다. 그 바람에 접시에 있던 토르텔리니가 소파로 쏟아졌다. 펠릭스는 벌떡 일어나 접시를 탁자에 내던졌다.

"아우, 너 미쳤니?"

놀란 엄마가 신경질적으로 펠릭스를 쳐다보더니 역시 벌떡 일어나 부엌에서 행주를 가져왔다. 이미 거실을 빠져나온 펠릭스는 계단을 뛰어올라 제 방으로 갔다. 빌어먹을, 만지지 말라고. 망치질하듯 머릿속이 울렸다. 아까 세상과의 다리 어쩌고 했던 건 다 헛생각이었다.

3.

물속에서 숨을 쉰다. 어렸을 때 처음으로 팔을 저으며 수영한 뒤부터 이런 꿈을 꾼다. 잠수하고, 헤엄쳐 가 버리고, 다시는 돌아오지 않는 꿈. 물속에서 미끄러지듯, 얌전히, 바닷말과 희미하게 나타나는 바위 사이의 모든 움직임을 유심히 관찰하고, 녹청색 물속을 계속 헤엄치는 꿈. 가벼워져서 완전히 물과 하나가 되는 꿈. 지금 이불 속에서 그걸 상상하니 너무 쉽다. 해초가 내 배를 간질이고, 물고기들은 모퉁이를 돌다가 내 눈을 보고 놀란다. 엄마는 그리스로 휴가를 떠나고 싶어 하지 않았다. 너무 비싸단다. 하지만 나는 그곳에 가서 스노클링을 하고 물고기들과 헤엄치고 싶다. 남들은 다 하는데 우리만 이걸 못 한다. 밑에서 엄마가 거실 문을 쾅 닫는다. 아직 화가 풀리지 않은 거다. 혹시 나를 따라와 내 방에 들어올까? 아니야. 엄마는 그러지 않아. 엄마는 누구 뒤를 따라가는 건 하지 않아. 아빠가 떠난 후로 엄마는 누가 불같이 화를 내도 얼음장처럼 차갑게 반응한다. 문을 닫으면 끝이다. 그래, 엄마도 가끔 화낼 줄 알지. 소파와 양탄자에 토르텔리니를 쏟은 건 형편없는 짓이었어. 엄마는 그저 다정히 굴려고 그런 건데. 내가 옳지 않았다는 걸 나도 안다. 엄마는 언제나 맞는 말만 하는 유일한 사람이잖아.

4.

그제야 펠릭스가 눈물을 흘렸다. 모든 일을, 엄마를, 그리고 무엇보다 자기 자신을 생각하며. 터널 안을 달리듯 시간이 쏜살같이 흘렀고 펠릭스는 다시 수영장 샤워실에 서 있었다. 벨러 코치는 다른 아이들보다 그를 더 오래 훈련시켰다. 다음 대회가 몇 주 앞으로 다가와 있었다. 피곤에 지친 펠릭스가 드디어 뜨거운 물로 샤워를 할 때였다. 그만! 펠릭스는 그 이후를 떠올리고 싶지 않았다. 여기가 끝이다.

5.

공책, 빈 페이지, 연필. 선은 이리저리 방황하며 어떤 형태를 취하기를 거부한다. 냄새를 어떻게 그려야 할까? 마비는? 역겨움은? 대체 왜 나는 아무것도 되는 일이 없을까? 나 자신에 대한 분노가 연필심으로 흘러들어 아무거나 휘갈긴다. 사물함, 수건, 정적. 대체 왜 그곳엔 아무도 없었을까? 계속 휘갈기다 보니 거친 선들이 창살로 변한다. 감옥의 창살. 나는 모든 것을 이

깊고 어두운 지하 감옥에 가둔다. 그도 거기에서 죽어야 한다.

6.

펠릭스는 창문 앞 나무 위에서 깍깍거리며 누가 더 시끄러운지를 겨루는 까마귀와 까치 때문에 잠에서 깼다. **미친 거야?** 그는 이불을 젖히고 땀에 축축히 젖은 셔츠 속으로 손을 넣었다. 옷을 전부 입고 잤으니 이상할 것도 없었다. 7시 반. 펠릭스는 침대에서 일어나 샤워하러 갔다. 10분 뒤 아래층 주방으로 내려가니 엄마는 벌써 식탁에 앉아 신문을 훑어보고 있었다. 엄마가 잠시 고개를 들었다가 다시 앞에 있는 신문으로 눈길을 돌렸다. 펠릭스는 커피를 들고 엄마 맞은편에 앉았다.

"죄송해요."

엄마는 무슨 뜻인지 알면서도 펠릭스를 쳐다보지 않고 신문을 한 장 넘겼다. 그러다 겨우 고개를 들고 펠릭스의 눈을 똑바로 바라보았다.

"네 젖은 수영복이 아직도 복도에 있어."

펠릭스는 커피 잔을 내려다보며 고개를 끄덕였다.

"이제 안 갈 거예요."

"수영?"

엄마가 혼란에 빠졌다. 펠릭스 눈에 그게 훤히 보였다. 그의 말이 마음에 들지 않는 것이었다.

"7년이나 훈련했는데 이제 와서 갑자기 싫어졌어? 너보다 잘하는 애가 있어?"

"네, 그럼요!"

금세 또 분노가 치밀었다. 펠릭스는 벌떡 일어나 배낭을 집어 들고 집 밖으로 뛰어나갔다. **그럼요. 그렇고말고요.**

7.

여느 때처럼 교문 앞에서는 신입생 아이들이 특히 서둘러 걷고 있었다. 그들은 떼를 지어 다니며 여기저기에 참견하고 쉴 새 없이 수다를 떨었다. 그 사이에서 펠릭스는 될 대로 되라는 듯 소란스러운 학교 운동장을 느릿느릿 가로질렀다. 몇몇 학생들은 그의 이런 태도를 별스러운 태평함으로 여기고 질투에 찬 시선으로 부러워했다. 어쨌든 펠릭스는 학교의 스타 같은 존재였다. 지난번 수영 선수권 대회에서 학교를 우승팀으로 만들고 신문의 지역 소식란에서 언급까지 되었으니까. 펠릭스는 우두커니 서 있는 학생 무리를 특별히 눈여겨보지 않았다. 그들은 학교생활에 늘 존재하는 점 같은 아이들일 뿐이었다. 펠릭스는 수없이 지나다녔던 학교 운동장이 아니라, 오직 남들이 자신에게서 뭔가 눈치채지 않았을지만을 신경 쓰고 있었다. 펠릭스는 네모난 학교 건물을 향해 걸었다. 네 줄로 층층이 나 있는 창문에, 오른쪽과 왼쪽에 입구가 하나씩 있고, 그 중간에 방치된 덤불들 사이에서 콜라 캔과 종이가 썩어 가는 건물이었다. 펠릭스는 자신도 똑같은 신세라고 느꼈다. 쓰고 버려진 느낌. 남들도 그걸 분명히 눈치챘을 것이다. 펠릭스의 이마에 큰 글자로, 누구나 볼 수 있게 '쓰레기'라고 쓰여 있지 않은가. 그러나 시뻘겋게 타오르는 그 글자를 발견한 사람은 없었다.

"야, 펠리!"

펠릭스가 학교 건물에 다다르기 직전에 굵은 두 팔이 펠릭스의 몸통을 감쌌다. 이어서 팔의 주인이 펠릭스의 배에 얼굴을 푹 파묻었다. 젤리 냄새가 났다. 여느 때처럼 항상 기분이 좋은 유쾌한 아이였다. 펠릭스는 젤리 냄새를 들이마시고는 상대방과 똑같이 몸에 힘을 주며 말했다.

"안녕, 유리. 우리 영감님."

펠릭스를 계속 껴안고 있던 유리가 고개를 들고 말했다.

"이 멍청이! 청어 같은 말라깽이! 난 영감이 아니고 젊은이야."

뻐끔거리는 입술 때문에 단어 사이에 간격을 두고 말이 나왔다. 유리는 주먹 쥔 손을 들어 올렸다. 펠릭스도 질세라 주먹을 내밀었다. 둘은 주먹과 주먹을 부딪쳐 인사했다. 유리가 오른손 검지를 내밀고 말했다.

"너 상어가 좋아하는 먹이가 청어인 거 알아?"

유리가 씩 웃었고 펠릭스는 기계적으로 웃어 주었다.

"넌 수업 시간에 열심히 들었나 봐. 아니면 그걸 어떻게 알아?"

"어제 텔레비전에서 봤어. 상어가 입을 크게 벌릴 땐 너어어어무 오싹해!"

유리가 진저리를 치고는 말을 이었다.

"다행히 나는 청어가 아니라 우주 비행사야!"

"우주 비행사? 그럼 네 우주복하고 헬멧은 어디 있어?"

유리는 두 주먹으로 허리를 받쳤다.

"그런 건 필요 없어! 지구가 달이라면 산수를 들이마시는 건 아주 쉬워."

"산소!"

"그래, 맞아. 내 말이 그 말이야. 이 잘난 척쟁이야."

유리가 두 팔을 휘젓고는 주먹을 들어 올렸다. 두 사람은 다시 주먹을 맞부딪쳤다.

"이따 봐. 그리고 너무 멀리 헤엄치지 마. 알았지?"

그렇게 말한 유리는 비행기처럼 두 팔을 벌리고 학교 건물로 달려갔다. 그리고 좌우로 고리 모양을 그리며 곧장 모여 있던 학생들 쪽으로 돌진했다. 아이들은 '미친놈!' 하고 소리치며 사방으로 흩어졌다. 펠릭스는 그 모습을 바라보며 싱긋 웃었다.

유리는 인간이 모두 동일한 방식으로 정상적인 건 아니라는 것을 보여 주었다. 단 한 개의 작은 유전자가 만든 생생한 본보기였다. 그런 유리에게는 놀라운 장점들이 있었다. 다른 사람들을 당연하게 둘러싼, 눈에 보이지 않는 벽이 그에겐 없었다. 유리는 누구에게든 거리낌 없이 다가가서 하고 싶은 말을 했다. 자신을 어떤 식으로든 잡아끄는 무리가 있으면 편하게 인사를 건넨 뒤 한 팀이 되었다. 다른 사람들이 떠안고 있는 수천 가지 고민이 유리에겐 존재하지 않는 것 같았다. 게다가 그는 남들에게 무슨 일이 있는지 아는 일종의 육감을 드러내곤 했다. 마치 사람

마음을 꿰뚫는 비밀 연결망을 가지고 있는 것 같았다. 유리에게 뭔가를 숨기기는 어려웠다. 그래서 조금 전 유리가 다가왔을 때, 펠릭스는 처음에 겁을 먹었다. 그러나 곧 안심했다. 유리조차 아무것도 눈치채지 못했다면 어느 누구도 눈치채지 못했을 것이다.

유리의 지진계 같은 눈빛은 충분히 타인을 불편하게 만들 수 있었다. 그것도 그렇지만 어설픈 모습에, 눈은 사시인 데다 평소에 입까지 벌리고 다녀서 유리는 전반적으로 어디서나 큰 호감을 얻는 아이가 아니었다. 다른 아이들이 유리가 안 듣는 데서 사용한 그나마 악의 없는 별명이 '몽고'였다.˙ 하지만 펠릭스는 유리가 다른 식으로 정상이기 때문에 그를 좋아했다. 유리는 한 줄기 희망의 빛이었다. 마치 달마이어 선생님처럼.

오늘 펠릭스는 달마이어 선생님이 정말로 필요했다. 다른 이유는 없었다. 그냥 그분이기 때문이었다. 하지만 오늘은 독일어 수업이 없었다. 학교 건물로 들어서면서 펠릭스는 혹시 복도 어딘가에서 흐늘거리는 달마이어 선생님의 모습이 보이지 않을까 생각하며 두리번거렸다. 선생님 특유의 힘겨워하는 걸음걸이는 멀리서 보아도 알아볼 수 있었다. 한 걸음 한 걸음 내디딜 때마다 오른쪽 다리가 저항을 받는 것 같았고 걷는 속도를 늦춰야 겨우 움직일 수 있었다. 선생님이 절뚝거리며 걸을 때 오른팔은 힘없이 늘어져 있었다. 몇 년 전 사고를 당한 후 더 이상 쓰임새가 없어지면서 성가신 부속품으로만 연명하는 신체 부위였다. 그런 달마이어

˙ 과거에 다운 증후군에 의해 나타나는 신체적 특징이 몽골 사람과 비슷하다는 서양인들의 편견이 있었다.

선생님이 독일어 수업을 하러 교실로 들어오면 암울한 황무지 같던 학교 생활에 숨 쉴 틈 하나가 생겼다. 오늘 아침 한 번이라도 선생님을 보았다면 펠릭스는 용기가 생겼을 것이다.

펠릭스가 교실에 들어갔을 때는 모든 게 평소와 다름없었다. 마리우스는 손톱을 다듬고 있었고, 아이나르는 공책을 들여다보며 적어도 매끈한 문장 하나쯤은 뽑아내려고 한없이 길게 적혀 있는 숙제를 한 번 더 검토하고 있었다. 빈스는 책상에 반쯤 엎드려 음악을 들었고 하미드는 책에 빠져 있었다. 펠릭스의 컴퓨터 게임과 경찰 놀이 파트너인 푸푸가 펠릭스를 향해 잠깐 손을 들어 보였다. 알바는 의자에 앉아 앞뒤로 몸을 흔들다가 펠릭스를 쳐다본 뒤 똑바로 자세를 고쳐 앉고 미소를 지었다. 반 아이들 중 어느 누구도 짓지 못하는 너무나 꾸밈없고 자연스러운 미소였다. 펠릭스는 다시 불안해졌다. 이 모든 게 정말 자신이 전과 다름없이 행동해도 된다는 의미일까? 평소와 다르게 반응한 사람은 아무도 없었다. 아무도 이렇게 묻지 않았다. 펠릭스? 너 왜 오늘 그렇게 달라졌어? 펠릭스, 너 왜 오늘은 빛나는 수영 영웅이 아니라 무슨 한 줌의 재 같아?

펠릭스가 의자에 앉자 테슈너 선생님이 들어왔다. 수학 시간이었다. **에이, 짜증나.** 펠릭스는 공책을 꺼냄과 동시에 긴장을 풀었다. 그는 어제부터 중간 창문 오른쪽 구석에 집을 짓기 시작한 거미를 관찰 중이었다. 거미는 두툼하게 살찐 모습으로 집 한가운데에 앉아 있었다. 펠릭스는 마누가 아직 히스테릭한 비명을 지르지 않은 게 의아했다. 창을 등지고 앉아 있어서 아직 거미를 보지 못한 모양이었다. 펠릭스는 다시 세기 시작했다. 창문을, 창틀을, 손잡이를, 커튼을, 작은 물고기들을. 그리고 칠판이 달린 벽으로 시선을 옮겨 타일을 세면서 그 배열에서 눈을 떼지 않으려고 애썼다. 꽤나 어려운 도전이었다. 수학 수업은 다른 우주 어딘가에서 일어나는 일이었다. 그래서 펠릭스는 테슈너 선생님이 자신에게 벌써 두 번째 같은 질문을 한 것도 모르고 있었다.

"펠릭스, 대답 좀 해 줄래?"

정적이 흘렀다.

"펠릭스! 뭐에 취한 거야, 아니면 그냥 습관성 집중력 부족이야?"

테슈너 선생님이 교탁에서 수학책을 집어 들더니 요란한 소리를 내며 책상에 떨어뜨렸다.

앉은 자세를 느릿느릿 바꾸며 펠릭스가 대답했다.

"모르겠어요."

뒷줄에 앉은 남자애들이 좋다고 웃었지만 별다른 주목을 끌지는 못했다.

테슈너 선생님이 말했다.

"좋아, 아이나르. 여기 이 신사분은 지금 나사가 하나 빠진 것 같은데, 넌 아직 다 갖고 있겠지?"

선생님 말대로였다.

8.

쉬는 시간, 울타리에서 펠릭스를 기다리던 알바가 미소 지었다. 저렇게 꾸밈없고 예쁜 미소가 있을까. 아무런 저의 없이 지평선에서 떠올라 환하게 빛나는 미소. 펠릭스는 그게 자신에게 보내는 미소라는 사실에 매번 새롭게 놀랐다. 지금도 그랬다. 당연한 듯이 함께 운동장을 지나 흡연 구역으로 걷고 있다는 것이 놀라웠다. 그곳에서 학생들이 담배를 피우지 않은 지는 이미 오래되었지만, 학교 본관 건물 뒤에 있어 운동장에서 뛰어다니거나 축구를 하는 저학년 학생들과 마주칠 필요가 없었다.

"테슈너는 완전 제정신이 아니야."

알바의 말에 펠릭스가 웃었다. 감동이었다. 아직도 그 생각을 하고 있었다니. 수학 수업은 벌써 두 시간이나 지났는데.

"아, 그 멍청이. 하지만 그 선생님이 어떤 사람인지는 다 알잖아."

알바가 펠릭스를 힐끗 쳐다보았다. 이제 웃은 쪽은 그녀였다.

"아, 선생님을 네 상상의 우리 속에 가두고 짖고 싶은 만큼 짖게 하겠다는 거야? 그럴듯한데!"

펠릭스는 파카 주머니에 손을 넣어 낡은 공책을 꺼냈다. 그리고 몇 장을 넘겨 펼친 뒤 알바에게 내밀었다. 알바는 걸음을 멈추고 캐리커처를 들여다보았다.

"와, 장난 아니네! 너 왜 이렇게 잘 그리는 거야? 이빨을 드러낸 이 똥개 얼굴이 테슈너랑 똑같아!"

알바는 공책을 넘기며 펠릭스가 휘갈겨 그린 꼬까울새, 해골 그림들과 그 밖에 왜곡해서 그린 인물화들을 보았다. 그 순간 펠릭스가 재빨리 알바의 손에서 공책을 빼앗아 다시 파카 주머니에 넣었다.

"그냥 끼적거린 거야."

이 스케치들은 테슈너 선생님을 그리는 것만큼 쉽지 않았다는 걸 펠릭스는 너무 잘 기억하고 있었다. 두 사람은 흡연 구역에 도착했다.

"드림팀, 드디어 왔구나! 너희도 사탕 먹을래?"

빈스는 물고 있던 오동통한 막대사탕을 입에서 꺼낸 뒤 알바와 펠릭스에게 줄무늬 사탕이 든 봉지를 내밀었다. 그러곤 막대사탕을 다시 입에 넣고 빨다가 곧 입으로 연기를 내뿜는 시늉을 했다.

"넌 교내에서 금연이라는 걸 아직도 못 받아들인 거야?"

알바가 눈을 흘기며 물었다. 빈스는 막대사탕을 계속 맛있게 먹다가 한쪽 볼로 밀었다.

"그건 자유의 박탈이야. 우리는 이제 다 컸고, 종교를 자유롭게 선택할 수 있고, 혼자 휴가를 갈 수 있고, 눈에 보이는 곳과 보이지 않는 모든 곳에 피어싱을 할 수 있잖아. 또 있어. 아무도 우리가 섹스하는 걸 금지하지 못해! 알지?"

빈스가 대학교수처럼 설교 조로 말하고는 한쪽 눈썹을 한껏 끌어 올리며 짓궂은 미소를 띠었다. 펠릭스는 그의 시선을 피했다. 빈스가 열거한 내용 하나하나가 펠릭스에게 혐오감을 일으켰다. 저 멍청이는 아무것도 모른다! 펠릭스는 흡연 구역의 경계를 이루는 낮은 울타리에 앉아 마음속 비밀 감옥을 통제하느라 안간힘을 썼다. 눈에 띄게 따분해하던 아이나르가 말했다.

"에이, 또 그놈의 타령! 네가 금연의 의미나 무의미에 대해 말하는 게 이번이 100번째는 될 거야. 그것 때문에 우리가 그동안 얼마나 지겹도록 짜증이 났는지 알아?"

"너도 지켜야 할 규칙이 있다는 걸 이젠 좀 받아들일 때가 됐잖아? 타당한 규칙 말이야! 결국 흡연은 쓰레기 같은 거야."

아이나르의 말에 맞장구를 친 푸푸가 지친 표정으로 손에 들고 있던 막대사탕을 입에 넣었다.

"그래도 자유야! 너희도 한번 생각해 봐. 자유라고!"

빈스는 흡연의 자유를 얻기 위해 심지어 교육청에 민원을 넣을 생각까지 한 적이 있었다. 다행히 다른 아이들이 그런 행동은 아무 쓸모가 없다는 걸 납득시켰다. 막대사탕을 좋아하지 않을뿐더러 말수가 별로 없는 하미드가 빈스를 건너다보았다. 사실 그보다는 꿰뚫어 보고 있는 것 같았다.

"자유는 누구든지 하고 싶은 걸 하라고 있는 게 아니야."

빈스의 눈썹이 다시 위로 치솟았다.

"우리 잘나신 페르시아 수재님! 이번에도 아주 열심히 집중해서 들었네. 페르시아인가, 아랍인가? 너 어디에서 왔다고?"

하미드를 도발하려는 건 쓸데없는 짓이었다. 하미드는 다 닳은 제 운동화 앞코를 바라보며 건조하게 말했다.

"나는 독일인이야. 쾰른에서 태어났어, 너처럼. 벌써 잊었어?"

빈스는 두 손을 들고 다 먹은 막대사탕의 막대기를 바닥에 뱉었다.

"그래, 그래. 너희 기분을 망치고 싶지 않아. 너희는 착한 놈들이고 나는 또 쓰레기잖아. 이 얘기는 덮어 두자. 이제 영어 시간이야. 시험이 분명 쉽지는 않을 거야."

사람들이 그를 어떻게 생각하든 빈스는 적어도 언제 그만두어야 하는지를 아는 사람이었다. 그래도 이 말은 덧붙였다.

"얘들아, 잊지 마. 다음 주 토요일에 드디어 우리 집에서 파티가 열려. 달력에 빨간 표시해 놔!"

9.

7교시가 끝난 후, 이번엔 펠릭스가 교문에 서서 혹시 알바가 올까 기다렸다. 그렇게 하자고 얘기한 적도 없고 약속한 적도 없었다. 둘이 알고 지낸 건 알바가 전학을 와 같은 반이 되었을 때니 고작 반년밖에 되지 않았다. 그런데도 둘 사이에는 서로를 기다렸다가 하굣길이 겹치는 곳까지 같이 걷는다는 무언의 합의가 있었다. 그냥 마음이 맞았고 기분이 좋았다. 그러나 오늘은 알바의 모습이 보이지 않았다.

"어땠어?"

또 빈스였다! 그가 펠릭스 앞에 와서 섰다. 빈스는 알바가 어디에 있는지 알지도 몰랐다.

"다들 시험 끝났어?"

이렇게 물으며 펠릭스는 학교 운동장과 출구로 쏟아져 나오는 학생들을 재빨리 훑어보았다.

"내가 마지막이었어. 같이 좀 걸을래?"

펠릭스는 사실 빈스와 같이 걸을 마음이 없었다. 하지만 그렇게 하지 않으면 또 무슨 '로미오는 더 기다리겠대' 같은 허튼소리를 들을까 봐 겁이 났다. 빈스는 얼토당토않은 그런 말들을 툭툭 내뱉곤 했다. 게다가 펠릭스로서는 알바가 올지 안 올지도 알 수 없었다. 바보 같기는, 이제 주말이 시작되는데.

학교에서 나와 다음 모퉁이를 돌자마자 빈스는 콘크리트 말뚝에 앉아 주머니에서 담뱃잎을 꺼냈다. 펠릭스는 그가 쌈지에서 작은 종이를 꺼내고 그 위에 담뱃잎을 뿌린 뒤 손가락을 능숙하게 놀려 두 재료를 담배로 변신시키는 과정을 관찰했다. 빈스는 담배를 다시 한번 들여다보고는 특별 칭찬이라도 기다리듯이 펠릭스를 쳐다보았다.

"나도 하나 말아 봐도 돼?"

"진짜?"

빈스가 잠시 머뭇거리더니 말을 이었다.

"그래, 여태껏진 타고난 매력만으로도 충분했을 거야. 그게 없었으면 넌 대회에서 한 번도 우승 못 했을걸? 이제야 인정하는 모양이지?"

펠릭스는 농담할 기분이 아니었지만 받아쳤다.

"맞아. 무엇보다 그 매력은 특히 물속에서 진가를 발휘하니까!"

아, 멋졌다. 보통 펠릭스는 밤에 자려고 누웠을 때에서야 대꾸할 적절한 말을 떠올리곤 했으니까.

"좋아. 보니까 넌 이제 더 이상 네 매력에 기대지는 못하겠는걸! 그거 다 가져. 이게 내 마지막 담배야."

빈스는 제 담배에 불을 붙이고 펠릭스에게 담뱃잎과 종이를 건넸다.

"진짜? 너 정말 끊는 거야?"

펠릭스는 종이를 들고 그 위에 담뱃잎을 뿌렸다.

"너희가 나한테 으름장을 놨잖아. 고작 담배 몇 개비 때문에 너희가 나를 병균 취급하는 게 싫어."

"우리가 너를?"

펠릭스는 담배 마는 일에 집중했다. 빈스가 바짝 다가와 그 모습을 가까이에서 들여다보더니 말했다.

"안 되겠는데. 넌 아직 제대로 마는 법을 몰라. 지금 그건 접는 거에 가까워."

펠릭스는 종이에 침을 묻히고 양쪽 끝을 누른 뒤 그 구부정한 물건을 쳐들었다.

"처음이니까 아무 말도 안 할게. 하지만 네가 운동선수라는 건 알고 있지?"

빈스가 중얼거렸다. 펠릭스는 어깨를 으쓱하고는 담배를 가져다 입에 물고 불을 붙였다. 그리고 한 모금 들이마신 뒤 양쪽 뺨을 연기로 채웠다가 곧 내뿜었다.

"걱정 마. 담배는 누구나 피울 수 있어."

빈스가 말하고는 손을 들고 작별 인사를 했다.

"잊지 마. 항상 즐겁게 지내."

개자식.

10.

엄마는 집에 없었다. 요양원 교대 근무는 7시까지였다. 평소였다면 지금 펠릭스는 준비된 음식을 데우고 30분 동안 텔레비전을 보다가 수영장에 가는 버스를 탔을 것이다. 하지만 오늘은 식사를 한 뒤 여전히 복도에 놓여 있는 수영 가방을 발로 차고는 현관문을 쾅 닫고 밖으로 나왔다. 무엇을 해야 좋을지 몰랐다. 가만히 앉아 있을 수가 없었다. 펠릭스는 조용한 거리를 걸었다. 어떤 일도, 전혀 아무 일도 일어나지 않는 곳이었다. 다들 벙커에 들어앉아 있거나 일터에 있는 모양이었다. 듣기 좋은 '꽃동네' 이름들도 그들에겐 전혀 관심 밖이었다. 그런 이름이 삶을 더 낫게 만들지는 않았다. 푸푸에게 전화해서 컴퓨터 게임을 하자고 말해 볼까? 푸푸는 초등학교 때부터 알고 지내서 즉흥적으로 약속을 잡을 수 있는 사이였다. 그러나 펠릭스에게 시간이 있고 수영장에 가지 않은 걸 알면 의아하게 생각할 것 같았다. 그리고 어차피 그 애도 훈련 중일 것이었다. 푸푸는 옛날부터 핸드볼을 했다.

갑자기 불쾌한 감정이 펠릭스의 목덜미를 타고 올라와 뒤에서 목구멍을 움켜쥐는 느낌이 들었다. 어쩌면 그때 푸푸와 같이 핸드볼 클럽에 들어갔어야 했는지도 모른다. 그러면 이 모든 일이 일어나지 않았을 테니까. 그러나 푸푸가 핸드볼을 하겠다고 결심하기 한참 전부터 펠릭스는 이미 수영 훈련에 참여하고 있었다. 수영은 그가 느낄 수 있는 행복의 전부였다. 그 사실이 변할 거라는 걸 암시해 준 것은 아무것도, 결단코 아무것도 없었다.

주택가 뒤의 공원에 다다른 펠릭스는 다른 생각을 해 보려고 노력했다. 옛날 도심에서 살 때 거주했던 오래된 4층 건물을 생각했다. 어린 시절 제대로 가족을 이루고 살던 때였다. 방이 컸고, 복도는 축구하기에 딱 좋았으며, 3층 발코니에서는 라인강까지 보였다. 토막 난 기억들이었지만, 부엌 찬장 문에 달린 작은 금속 손잡이가 물고기 모양이었던 건 아직도 정확히 생각났다. 펠릭스는 그걸 몇 번씩 관찰하고 그림으로 그려 자신의 방에 잔뜩 붙여 두었다. 그리고 물고기들과 함께 바다를 헤엄치는 상상을 하곤 했다. 엄마 아빠와 함께 자주 소풍을 갔던 일도 생각났다. 라인강으로, 도심 숲으로, 동물원으로, 또는 그냥 아무 데나 재미있는 것을 체험할 수 있는 곳으로.

여섯 살이 되어 학교에 들어갔을 때 아빠는 펠릭스에게 수영을 가르쳐 주었다. 펠릭스는 불과 몇 주 만에 수영을 할 줄 알게 되었고, 그때 세상에서 가장 재밌는 일을 찾아냈다. 아빠는 수영장 가장자리에 서서 펠릭스를 끝없이 칭찬했다. 상대방을 계속 노력하게 하고 나날이 실력이 늘도록 편안하게 만들어 주는 힘을 가진 사람이었다. 펠릭스는 아빠의 환한 얼굴과 칭찬에 중독되었다. 그런데 갑자기 아빠가 사라졌다. 누군가 펠릭스의 케이크에서 큼지막한 조각을 잘라 내 가져가 버린 것 같았다.

펠릭스는 부모님이 서로 싸우기만 했던 게 언제부터였는지 기억하려 애썼다. 두 사람은 언제부턴가 큰 소리를 내며 본격적으로 싸우기 시작했는데, 펠릭스가 잠자리에 든 밤에 특히 그랬다. 어린 펠릭스는 이불 속에서 귀를 틀어막아 보았지만 부모님의 목소리는 계속 들렸다. 잠수할 때 손가락으로 코를 막지 않을게요. 펠릭스는 속으로 부모님에게 이렇게 맹세했다. 더 빨리 수영할게요! 하지만 다 소용없었다. 아빠는 좀처럼 그를 데리고 수영장에 가지 않았고 여름방학 계획도 세우지 않았다. 방학이 되자 할머니가 와서 펠릭스를 시골로 데려갔고, 펠릭스는 방학 내내 할머니 집에서 보냈다. 그는 아무것도 몰랐고, 심지어 행복하게 지냈다. 재킷 주머니 속 펠릭스의 주먹이 꽉 쥐어졌다.

11.

가족이 해체되었는데도 나는 어떻게 행복할 수 있었을까? 난 벌써 그때부터 아무것도 모르는 바보 멍청이였다. 여전히 이 무지가 끔찍하게 느껴진다. 방학이 끝날 때 엄마가 와서 나를 데려갔고 아빠는 더 이상 존재하지 않았다. 설명도 없이 그냥 사라졌다. 아니면 엄마가 뭐라고 설명해 주었는데 내가 이해하지 못해 금세 잊어버렸을까? 사실 엄마의 설명은 필요 없었다. 나는 무슨 일이 있었는지 벌써 오래전부터 알고 있었다. 아빠는 내게 실망해서 떠난 거다. 나는 만족스러울 만큼 잘하지 못했다. 아빠는 나를 일류 수영선수로 만들려고 무척 애썼지만 내가 충분히 노력하지 않았다. 그러나 나는 최고가 될 거다! 그때 그렇게 맹세했다. 그러면 아빠가 돌아오고 모든 게 예전과 같아질 거라고 생각했다. 하지만 갑자기 내 인생에 거대한 구멍이 생겼고 지금도 그대로 있다. 아무것도 예전과 같아질 수 없을 것이다.

12.

펠릭스는 곧 엄마에게 이유를 묻는 걸 그만두었다. 엄마가 또 우는 게 싫었다. 펠릭스와 엄마는 더 이상 아빠에 대해 이야기하지 않았고, 이 동네에서 가장 작은 '성냥갑'이 있는 목련 길로 이사했다. 정원은 작았지만 펠릭스는 그때부터 방을 두 개 사용했다. 하나는 잠자는 곳, 또 하나는 게임하는 곳이었다. 방 두 곳에서 두 가지를 다 할 때도 있었다. 그리고 그때부터 수영 클럽에 다니기 시작했다. 처음에는 일주일에 한 번 가다가 곧 월요일, 수요일, 목요일, 금요일에도 갔다. 방학 캠프에도 참여해 훈련을 받았고 더 자주 대회에 나갔다. 벨러 코치는 손에 스톱워치를 들고 수영장 가장자리에 서서 환하게 웃었다.

펠릭스는 믿을 만한 학생이었다. 당연했다. 이 매력적인 소년은 코치의 애제자였으니까. 지금 펠릭스는 자기 자신이 역겨웠다. 자신은 코치 곁에서 맹목적으로 그 특별한 위치를 누렸다. 때때로 휴대폰에 왔던 메시지가 생각났다. '넌 최고야', '네 몸 진짜 예뻐. 나이처럼 안 보인다니까', '훈련으로 만든 섹시한 식스팩', '올림픽 나갈 준비 됐어? 내가 너를 올려놓을게, 시상대 위로'. 펠릭스가 나이를 먹을수록 그런 메시지는 더 자주 왔다. 어쩌면 그렇게 아무것도 몰랐을까! 사실 모든 게 자신의 잘못이었다. 펠릭스는 하필 그의 앞에 서 있던 운 나쁜 가로등 기둥을 발로 찼다. 왜 그 개떡 같은 일로 시간을 허비했을까? 이 빌어먹을 인생은 아무짝에도 쓸모가 없었다. 사람은 우연히 이 세상에 내던져진 뒤 나중에서야 행복에 대한 갈망을 어떻게 다스려야 하는지 알게 된다.

펠릭스는 목구멍을 타고 올라오는 울음을 삼키며 작은 비탈을 달려 내려갔다. 달리니 좋았다. 머리가 맑아지고 생각들이 부서져 먼지가 되었다. 펠릭스는 넓은 풀밭을 한 바퀴 돌고 다시 맞은편 언덕으로 올라가 한산한 상점가에 도착했다. 다음 교외 지역이 시작되는 곳이었다. 펠릭스가 그 바로 옆 초등학교에 다닐 때 중앙의 작은 광장 주변에 몰려 있는 가게들 중에 빵집이 하나 있었다. 그 어느 곳보다 맛있는 시나몬 롤빵을 팔던 곳이었는데 지금은 없어졌다. 펠릭스는 계속 걷다가 상점가 뒤에서 큰길을 건너 호수에 다다랐다.

물속에서 숨쉬기. 가끔씩 그게 정말 가능할 거라는 느낌이 들었다. 그래도 펠릭스는 물살을 가를 때 항상 머리를 물 밖으로 조금 내밀었다. 하지만 아주 찰나였고, 언제부턴가 자연스럽게 습관으로 굳어진 것이었다. 그건 3차원에 대한 완벽한 적응이었다. 많은 개별 이미지들을 이어 붙여 빠르게 돌리면 영화가 만들어지는 것처럼.

펠릭스는 호수를 휘돌아 난 길을 벗어나 외진 곳에서 키 큰 나무들 사이에 남아 있는 나무 그루터기에 앉았다. 그리고 깊게 숨을 내쉰 후 호수 건너편을 바라보며 맞은편 나무들을 세기 시작했다. 심장 박동이 서서히 진정되었다. 그는 호수만 바라보았다.

그 위에 미친 새 한 마리가 있었다! 새는 포기하지 않았다. 그렇게 하면 공짜로 뭔가가 생기기라도 할 것처럼 혼을 다 바쳐 노래를 불렀다. 계속 같은 멜로디였다. 모르긴 해도 거의 똑같았다. 그렇게라도 삶을 꾸미지 않으면 못 견디는 모양이었다. 펠릭스는 재킷 주머니에서 담뱃잎 쌈지를 꺼냈다. 상쾌한 멜로디가 다시 공중을 가르다 잠깐 멈춘 후 새로 시작되었다. 조금 전 차가운 손으로 그를 움켜쥐었던 불안은 사라졌다. 펠릭스는 종이 위에 담뱃잎을 올리고 이번엔 가볍고 능숙하게 연초를 말았다. 침을 바르고, 누르고, 끝에 남은 부분은 잘라 버렸다. 모양이 오늘 낮에 말았던 것처럼 구부정하지 않고 무척 그럴듯했다. 그렇다고 피울 생각은 아니었다. 맛이 역겨웠다. 빈스는 그동안 이런 걸 어떻게 피웠을까? 펠릭스는 담배를 재킷 주머니에 넣고 한동안 더 그루터기에 앉아 있었다. 그런데 그게 또 시작되었다. 뭔가가 숨통을 조이며 펠릭스를 집어삼키려 했다. 그러나 우아한 새의 노랫소리, 힘차면서도 부드럽게 노래하는 소리가 그것을 잡아먹은 것 같았다. 펠릭스는 놀라울 정도로 몸이 이완되는 것을 느꼈다. 가슴 깊숙한 곳에서 뭔가가 팽창하며 자리를 넓혔다. 수영장 레인을 100번 왕복하거나 도심 숲속의 호수 주변을 30분간 조깅한 뒤에나 받았던 느낌이었다. 펠릭스는 고개를 젖히고 소리 나는 곳을 눈으로 좇았다. 나뭇가지를 하나씩 훑었지만 꼬까울새는 보이지 않았다. 위를 올려다보느라 현기증이 난 펠릭스는 땅바닥을 보며 생각했다. 새는 그냥 새일 뿐이라고. 그때 갑자기 오른쪽 위에서 왼쪽 아래 땅바닥으로 그림자가 움직였다. 펠릭스는 자동으로 그쪽을 바라보았다. 꼬까울새가 3미터도 채 떨어지지 않은 덤불에 앉아 검은색 통방울눈으로 그를 유심히 바라보고 있었다. 새는 엉거주춤 조금 더 움직이더니 나뭇잎 몇 장을 옆으로 밀어내고 바닥을 쪼았다. 그러면서 대담하게 조금 더 펠릭스 쪽으로 다가왔다. 펠릭스는 숨을 참았다. 새가 얼마나 더 가까이 올지 궁금했다. 자신이 있는 곳까지 오기를 바랐지만, 그 순간 길에서 자전거 경적이 날카롭게 울렸다. 꼬까울새는 옆에 있는 나무로 올라갔다가 다른 나무로 날아간 뒤 사라졌다.

13.

'내일 오전에 숲에서 경찰 놀이?'

펠릭스가 현관문을 여는데 휴대폰에 푸푸가 보낸 메시지가 도착했다. 그들은 숲속에서 크로스컨트리를 할 때 경찰, 스파이, 요원 등의 이름을 미리 목록으로 작성했다가 거기에서 하나씩 골라 가명을 만들었다. 범인을 쫓는 상상을 하면 숲에서 뛰어다니는 게 왠지 더 재미있었다. 여하튼 주말의 시작으로 최악은 아니었다.

'그래. 몇 시?'

'9시?'

'좋아!'

뒤에서 문이 쾅 하고 닫혔다. 펠릭스는 위층으로 올라가 샤워를 했다. 그러면서 내일 어느 경찰관 이름을 고를지 생각했다.

목록을 봐야겠네. 이름이 304개나 되는데 그걸 다 하려면 아직 멀었어.

얼마 후 샤워실에서 나왔을 때 엄마가 집에 들어오는 소리가 들렸다. 엄마가 외쳤다.

"왔니?"

주방에서 엄마와 마주친 펠릭스가 말했다.

"오늘은 좀 늦으셨네요!"

엄마가 끙 하는 소리를 냈다.

"교대 근무 직전에 새 환자가 왔는데 절대로 우리 요양원에 있지 않겠대. 자동차를 정비소에 가져가야 한다는 둥 아내를 미용실에 데려다줘야 한다는 둥 자꾸만 이유를 대."

"그런데 사실이 아니에요?"

엄마가 한숨을 내쉬었다.

"그분 나이가 92세야. 부인은 벌써 5년 전에 죽었고. 자동차가 없는 건 물론이지."

"대박!"

"인생이 그런 거야. 누구나 네 할아버지처럼 그렇게 건강할 수는 없어. 참, 오늘 아침에 할아버지가 전화했는데 뭔가 도움이 필요하시대.

네가 전화해 봐."

엄마가 끓인 차를 들고 펠릭스가 기대어 서 있는 문 쪽으로 다가왔다.

"뭐 필요한 거 있니? 난 소파에 좀 누워야겠다."

엄마는 펠릭스 옆을 지나갔다가 다시 몸을 돌렸다.

"네 수영 가방이 또 저기 복도에 있더라. 이제 습관이 된 거니? 할아버지를 생각해!"

엄마는 그렇게 말하고 거실로 갔다. 펠릭스는 현관 쪽을 바라보았다. 가방을 아예 시야에서 지워 버렸던 거다. 집에 왔을 때 그는 가방을 보지 못했다.

14.

빌어먹을 더러운 것! 네가 얼마짜리든 알 게 뭐야. 수영복이 젖었든 말든 상관 안 해. 알아, 네 잘못이 아니라는 거. 하지만 나한테 넌 이미 죽은 거나 마찬가지야. 지하실 계단으로 던져지는 게 당연해. 쓰레기통에 아직 자리가 있을까? 좋아. 쓰레기 봉지 두 개를 들어내고, 너를 거기에 넣고, 그 위에 다시 봉지를 얹는 거야. 다음번 쓰레기 수거일까지 거기에서 썩다가 냄새나는 쓰레기장 구석으로 가든가, 아니면 곧장 소각로로 직행해. 다시는 내 앞길을 가로막지 마!

15.

위층 방에서 침대에 누웠을 때 펠릭스에게 또 다른 생각이 떠올랐다. 사실 가방이 복도에 놓여 있던 건 다행이었다. 엄마는 자연스럽게 펠릭스가 평소처럼 수영 클럽에 다녀왔다고 생각한 게 분명했다. 그렇다면 적어도 다시 언쟁을 벌일 일은 없었다. 일단 당장은 그랬다.

16.

"할머니 할아버지 보러 무트샤이트에 간다고? 잘 생각했어! 아쉽지만 엄만 근무해야 해. 그것만 아니면 같이 갈 텐데."

펠릭스는 배낭을 바닥에 내려놓고 엄마와 함께 탁자에 앉았다.

"정원 일을 하는 데 도움이 필요하신가 봐요. 저도 거기 안 간 지 진짜 오래됐고요."

엄마가 고개를 끄덕였다.

"아마 할아버지 생신 때문에 뭔가 생각하신 게 있어서 그걸 의논하려는 걸 거야. 내 생각엔 두 분이 원하는 대로 맞춰 드리면 될 것 같아. 하지만 손님은 100명을 넘기면 안 돼. 마을 전체를 초대하는 건 돈이 너무 많이 들어."

"알았어요."

펠릭스가 빵을 입에 물고 대답했다.

"그런데 너 오늘 훈련 없어?"

엄마의 물음에 펠릭스는 빵을 씹으며 침착함을 유지하려고 애썼다. 그래서 주말 신문 한 장을 집어 들고 일부러 엄마를 못 본 체했다.

"없어요. 토요일엔 훈련 없잖아요."

"몇 시 기차 탈 거야?"

"11시 차요."

펠릭스는 엄마가 주중에 아침을 먹으며 그러는 것처럼 스포츠면을 읽은 뒤 나머지 페이지를 넘겨 보았다. 그 순간 이런 헤드라인이 눈에 들어왔다. '친절한 옆집 남자들. 베르기슈글라트바흐 사건*'. 펠릭스는 벌떡 일어나 위층 제 방으로 올라갔다. 심장이 터질 듯이 뛰었다. **일곱, 여덟, 아홉, 열.** 뺨을 유리창에 대고 옆집 마당에 있는 나무들을 셌다. 휴대폰이 울렸다. '너 리프혼** 할래, 아니면 산타마리아*** 할래?' 맙소사, 푸푸와의 약속을 취소하는 걸 잊고 있었다.

17.

펠릭스는 교외선 열차를 타고 중앙역으로 갔다. 하지만 너무 일찍 도착한 바람에 시간을 보내려고 역사 바깥의 작은 광장으로 나왔다. 펠릭

---

* 2019년 독일 베르기슈글라트바흐에서 온라인 아동 성착취 영상 공유 조직이 적발된 사건.

** Joe Leaphorn. 미국 작가 토니 힐러먼Tony Hilerman의 탐정 추리물에 등장하는 나바호 부족 경찰관.

*** Santamaria. 이탈리아 작가 카를로 프루테로Carlo Fruttero와 프랑코 루첸티니Franco Lucentini 가 공동으로 집필한 추리소설 속 형사 이름.

스의 시선이 가장 먼저 닿은 곳은 바로 옆에 우뚝 솟아 있는 대성당이었다. 성당으로 이어지는 계단에는 사람들이 봄 햇살을 받으며 앉아 있었다. 한때 감자부침 노점이 있던 광장 중앙에는 달걀 장수가 선반을 설치해 놓았다. 팻말에는 이렇게 적혀 있었다. '행복한 농부 펠릭스는 행복한 암탉이 낳은 달걀만 판매합니다.' 펠릭스는 돌아서서 다시 승강장으로 갔다. 무슨 되지도 않는 농담이야. 펠릭스가 생각했다. 내 이름은 거짓말이야. 나를 이런 이름으로 부르겠다는 멍청한 생각을 대체 누가 했을까? 엄마일까, 아니면 행방불명된 아빠일까? 펠릭스, '행복한 사람'이라고? 그랬던 적도 있긴 하지만 더 이상은 아니야. 지금은 아무도, 심지어 나 자신조차도 나와 교류하고 싶어 하지 않아.

18.

기차는 제 시각에 왔다. 펠릭스는 승객이 없는 칸을 찾아 들어갔다. 기차는 자동차로 가는 것보다 두 배나 오래 걸렸다. 초록 언덕이 있는 풍경을 지나면서 펠릭스는 도시적인 것들로부터 점점 멀어졌다. 어렸을 적 엄마와 함께 할머니 할아버지 집에 가면서 기차 창밖을 내다볼 때면 늘 중세로 가는 시간 여행을 하고 있다고 상상했다. 실제로 무트샤이트 행 버스를 탈 수 있는 가장 가까운 소도시에는 높은 성과 육중한 문이 뚫린 오래된 성벽이 있었고, 중심부를 관통하는 개울가에는 온통 뾰족한 세모 지붕을 한 목조 주택들이 늘어서 있었다. 그러나 주민이 100

여 명에 불과한 무트샤이트로 들어가면 그런 흔적이 하나도 남아 있지 않았다. 오직 들판과 길, 숲뿐이었다. 옛날에 펠릭스는 할아버지와 함께 숲에서 중세 기사, 버섯, 불 뿜는 도롱뇽, 먹을 수 있는 열매를 찾아 헤매곤 했다. 버스에서 내리자마자 금세 어린 시절의 정취가 되살아났다. 펠릭스는 심호흡을 했다. 그리고 한 가지 확실한 사실을 느꼈다. 자신이 모든 것으로부터 떠나왔다는 사실이었다.

늘 그렇듯 잠겨 있지 않은 집 안에 들어서자 익숙한 냄새와 어마어마한 정적이 펠릭스를 감쌌다. 조부모님은 낮잠을 자는 중인지 보이지 않았다. 조심스럽게 배낭을 내려놓은 펠릭스가 두 사람을 찾기 위해 살금살금 거실로 들어가 주위를 살펴보았지만, 눈에 띄는 건 탁자에 놓인 케이크 한 조각이 전부였다. 펠릭스는 벽을 따라 발걸음을 옮기며 그곳에 걸린 것들을 관찰했다. 할아버지가 그린 그림들이 걸려 있었다. 그중 러시아 초원을 가로지르는 기병 그림은 자화상이었는데, 할아버지는 그 그림을 가장 좋아했다. 그 외에 스케치, 드라이플라워, 다양한 크기의 성화와 전쟁 중 할아버지의 목숨을 구했다는, 가로 부분이 기울어진 금속 십자가도 걸려 있었다. 중간에 있는 선반에는 도자기 꽃병과 머그잔이 올려져 있었다. **두 분의 인생 박물관.** 펠릭스의 머리를 스친 생각이었다. 펠릭스는 낡은 안락의자에 앉았다. 조부모님은 새로운 것, 현대적인 것을 원하지 않았다. "더 이상의 것은 가치가 없어. 지금 이것들이 바로 우리 모습 그대로니까." 두 노인이 전부터 입버릇처럼 하는 말이었다.

소파 옆 작은 탁자에는 펠릭스의 사진이 나이대별로 놓여 있었다. 아기었을 때 모습, 팔이 부러진 채 손에 아이스크림을 든 모습, 초등학교 입학 때 모습, 수영복을 입고 대회에서 딴 메달을 목에 건 모습. 펠릭스는 마지막 사진을 반대쪽으로 돌려놓았다. 그리고 아프도록 다시 깨달았다. 자신은 실망스러운 존재고, 낙오자고, 힘겹게 버티고 있는 젠가 게임의 나무 조각이었다. 조부모님은 아직 그걸 모르고 있었다. 창밖에서 뭔가가 움직였다. 그제서야 펠릭스는 조부모님을 발견했다. 두 사람은 나무 밑 목재 평상에서 회색과 초록색이 섞인 바둑판무늬 담요를 덮고 주변 풍경에 완벽히 녹아든 채 누워 있었다. 할머니가 거실 창문 쪽으로 몸을 돌려 펠릭스에게 손을 흔들었다. 펠릭스가 여기 있다는 걸 어떻게 알았을까?

19.

"여기에 네가 없으니 적적하더라."

펠릭스는 뜨거운 차를 홀짝거리며 할머니의 말뜻을 이해했다. 그건 드디어 변화가 생겼다는 말이었다! 원래 조부모님은 이 마을에서 절대로 적적하지 않았다. 날마다 친구들과 이웃과 옛날 제자 또는 길을 잃은 나그네들이 이 집에 들러 수다를 떨거나 인생의 갖가지 일에 대해 조언을 구하러 왔기 때문이다. 할머니는 여전히 활동적이어서 체조를 하러 다니고, 수영장에 가고, 유리에 그림을 그리거나 과일과 채소로 통조림을 만들었다. 지루함은 할머니에게 낯선 말이었다. 물론 할머니가 할아버지보다 스무 살이 적기는 했다. 아흔이 훌쩍 넘은 할아버지는 세월이 가면서 점점 키가 줄어들고 쇠약해졌다. 낮에는 안락의자에서 잠드는 횟수가 자꾸 늘어 갔다. 지하실에 있는 도예 작업실도 이제 거의 내려가지 않았다. 그곳은 한때 펠릭스가 가장 좋아하던 장소였다. 펠릭스는 할아버지에게 도자기 만드는 법을 배우고 싶었다. 그러나 수영 훈련을 자주 하게 되면서 무트샤이트에 방문하는 날은 갈수록 줄어들었다.

"학교엔 잘 다니지? 스케치한 것 가져왔니? 새로 그린 것 있어? 엄마는 어떻게 지내니? 배낭에 자리가 넉넉하면 체리 절임 몇 병 넣어 줄게!" 할머니는 언제나 이렇게 질문 공세를 퍼부으며 대화를 계속하려 했다. 자신은 좀처럼 갈 일 없는 먼 도시에서 펠릭스가 어떻게 사는지, 될 수 있는 대로 많은 이야기를 들으려는 것이었다. 펠릭스는 가능한 한 빨리 할머니와 할아버지의 우주 속으로 뛰어들기 위해 짧고 간결하게 대답하고 꼭 필요한 것만 보고했다.

"할아버지 생신에 누구를 초대할지 생각해 보셨어요?"

방어할 화제를 찾는 건 어렵지 않았다. 할머니와 할아버지는 금세 펠릭스의 질문에 호응하며 곧 다가올 파티 이야기에 집중했다.

"사격 클럽 사람들이 분명 문 앞에 서서 세레나데를 부를 테지만 그 사람들을 다 초대할 수는 없어."

할아버지의 말에 할머니가 끼어들었다.

"물론 독한 술 한 잔씩은 대접해야지. 그건 생각하고 있어. 이런 건 좀 적어 놓거라!"

펠릭스는 메모지와 연필을 가져왔다. 이보다 쉬운 일은 없었다. 세 사람은 계획을 세우고, 케이크를 먹었다. 그리고 펠릭스가 방문할 때마다 늘 하던 것들을 했다. 조부모님은 펠릭스에게 정원을 보여 주며 무슨 음식을 해 줄지 논의했다. 나이 들어 뼈가 약해졌다며 집에서 해야 할 일이 많다고 하소연도 했다. 다 해진 '화 내지 마' 보드게임*을 꺼내 와 게임 말을 밖으로 탈출시킬 때는 기뻐했으며, 저녁에 텔레비전에서 퀴즈쇼를 보며 진행자가 답을 말해 주기 전 무엇이 정답인지를 놓고 서로 다투기도 했다.

"장작은 내일 아침에 팰게요!"

펠릭스가 말하자 할머니가 고개를 끄덕이며 말했다.

"할아버지를 침대에 모셔다드리겠니? 나는 부엌을 치울게."

20.

할아버지는 펠릭스의 손을 잡고 종종걸음으로 널찍한 복도를 지나 방으로 들어갔다.

"창문 좀 활짝 열어 다오. 숲에서 잠잘 수 있게."

펠릭스는 저절로 웃음이 나왔다. 할아버지와 그의 숲!

"다시 러시아에 있는 기분이 드세요?"

놀라운 속도로 옷을 벗고 위아래 내복 차림으로 이불속에 들어간 할

• Mensch ärgere Dich nicht. 윷놀이와 비슷한 독일의 고전 보드게임.

아버지가 대답했다.

"조금."

할아버지는 펠릭스에게 침대 옆으로 다가오라고 손짓한 뒤 펠릭스의 손을 잡고 파란 눈으로 그를 바라보았다.

"근심거리 있니?"

펠릭스는 침을 삼켰다. 이런 구닥다리 단어라니! 바보처럼 눈물을 참을 수 없었다. 할아버지가 자신을 잡아끌었는지 아니면 그가 저절로 할아버지 팔에 안겼는지 알 수도 없었다. 다시 똑바로 앉았을 때 할아버지는 잠든 것 같았다. 펠릭스는 손을 놓으려 했으나 할아버지가 자신의 손을 꼭 쥐고 있는 걸 알았다.

"얘기해 줄 수 없어?"

펠릭스는 고개를 저었다. 할아버지의 작고 늙은 손이 다시 펠릭스의 손을 잡았다.

"그래, 이해해. 때론 말이란 게 너무 하찮으니까."

펠릭스는 다른 손으로 눈가의 눈물을 훔쳤다.

"넌 할 수 있어."

21.

도끼를 양발 사이에 놓고 장작 받침대 위에 앉아 있다. 팔은 아프지만 도끼를 머리 위로 쳐들었다가 힘껏 통나무에 내리쳐서 작게 쪼개면 기분이 좋다. 뭐든지, 뭐든지 이걸로 쪼갤 수 있다. 나는 지금 여기에 앉아 연필처럼 솟아 있는 하얀 교회 첨탑이 있는 마을을 바라본다. 모든 건 언제나 반대로 뒤집혀 버리는 걸까? 우리는 죄를 짓지 않으면 안 되는 걸까? 우리는 그렇게 세상에 태어나는 걸까? 어떻게 하면 다시 거기에서 벗어날 수 있을까? 이곳에서처럼 꿀잠을 잔 적이 근래에 없었다. 마음 같아서는 계속 여기에 있고 싶다. 그러면 할아버지는 장작 팰 사람을 항상 집에 두고 있는 것이니 이웃에게 시간이 날 때까지 기다릴 필요가 없다. 나는 할머니를 도와 정원 일도 할 수 있다. 아침이면 버스를 타고 가까운 마을로 가는 거다. 거기에도 김나지움˙이 있다. 어쩌면 알바가 나를 찾아오고 싶어 할지도 모른다.

22.

"펠릭스, 이제 출발해야 해. 안 그러면 버스 놓친다. 오늘은 버스가 한 시간에 한 번만 다녀."

펠릭스는 배낭을 들고 욱신대는 손을 할아버지에게 내밀었다. 손바닥에 물집이 두 개 잡혔다. 할아버지가 말했다.

"또 오거라. 여기엔 늘 네 자리가 있으니까."

잠시 후 펠릭스는 할머니와 함께 버스 정류장에 가서 섰다. 할머니가 미안해하며 말했다.

"아직 15분 더 있어야 하네. 매번 일찍 나오는구나! 마을이나 한 바퀴

• 독일의 전통적 중등 교육 기관.

더 돌고 오자."

15분이면 두 바퀴도 넉넉히 돌 수 있는 시간이었다. 아무래도 상관없었다. 펠릭스는 누가 죽었으며, 이웃들이 무엇을 하며, 언제 합창단이 다음 음악회를 여는지를 끈기 있게 경청했다. 모든 것에 질서가 있었다. 할머니가 마을 변두리에 있는 집을 가리켰다.

"저기 좀 봐. 마이어스 디트리히 씨네 오래된 농장에 누가 새로 들어왔어. 어떨 것 같니?"

펠릭스는 농장 쪽을 건너다보며 집과 주변 풀밭을 관찰했다. 늙은 디트리히 씨의 비스듬히 기울어진 헛간에서 마을 아이들과 이곳저곳을 기어오르던 일이 또렷이 기억났다. 절대 금지였지만 펠릭스와 아이들은 꼭대기 들보에서 신선한 건초 더미로 뛰어내리고 또 뛰어내렸다. 펠릭스는 건초 냄새가 너무 좋았다. 아무리 맡아도 질리지 않았다.

농장 울타리를 보던 펠릭스가 갑자기 멈칫했다. 기묘한 색깔의 글자들이 울타리 위에 떠 있었다.

"할머니, 저게 뭐예요? 글자예요?"

할머니가 웃었다.

"저기에 지금 예술가가 살고 있어. 저 크고 화려한 색깔의 나무 글자들을 매주 다르게 조합해서 울타리에 꽂아 둔단다. 뭐라고 써 놨는지 읽을 수 있겠니?"

펠릭스가 눈을 가느스름하게 뜨고 읽었다. '무엇이 어떻게 연결되어 있을까요?' 그 옆에는 이런 말이 있었다. '당신의 말은 얼마나 먼 곳까

지 다다르나요?' 창문 한 곳에도 커다랗게 쓰여 있었다. '끝은 언제 시
작될까요?' 미쳤군! 그때 마을 입구에 버스가 나타났다. 두 사람은 제
때 정류장에 도착하려고 걸음을 재촉했다.

23.

기차에서 내린 펠릭스는 끔찍하게 피곤하고 지친 느낌이 들었다. 주말
동안은 이렇지 않았다. 장작을 팬 후유증일까? 교외로 가는 열차는 기
다릴 필요 없이 금방 도착했기 때문에 10분 뒤 펠릭스는 자신의 동네에
도착했다. 그리고 역에서 나왔을 때, 늘 자전거를 타고 역 앞 광장을 몇
바퀴씩 도는 유리와 마주쳤다. 유리는 펠릭스가 역사에서 나오는 것을
보고 안장에서 뛰어내렸다. 그리고 평소에도 그렇듯 자전거가 뭔가에 부
딪쳐 멈추거나 쓰러지든 말든 혼자 굴러가게 두었다. 미처 자전거를 보
지 못한 보행자가 몸을 피하며 허공에 대고 욕을 뱉었다. 유리는 다리를
벌린 채 펠릭스 앞에 서서 소리쳤다.

"너 미국에 갔었어? 왜 나는 안 데려갔어?"

펠릭스가 쓴웃음을 지었다.

"좋지 않았어?"

몽고는 왜 펠릭스를 가만히 내버려 두지 않을까?

"집에 있고 싶지 않았나 봐, 그렇지?"

망할 놈. 펠릭스는 유리를 그렇게 부르고 싶진 않았다.

"내 자전거에 태워서 데려다줄까?"

펠릭스는 광장 가장자리를 바라보았다. 덤불 사이에 자전거가 처박혀 있었다.

"또 자살 특공대처럼 뛰어내리지 않는다면, 좋아!"

"알았어!"

유리는 엄지손가락을 치켜들고 광장 가장자리로 가 덤불에서 자전거를 끄집어냈다. 펠릭스는 자전거 짐받이에 휙 올라탔다.

"좋아, 유리. 출발!"

24.

월요일, 월요일……. 좋은 날이 될까? 월요일은 독특하다. 다른 평일들과 전혀 다르다. 구체적으로 어떤 모습이 될지 알 수 없는 긴 시간대의 시작이다. 일주일이 금요일로 끝난다는 건 누구나 알지만, 그게 다니까. 월요일에는 그 주의 나머지 날들을 기대하거나 두려워할 수 있다. 둘 중 하나라도 못하는 상황은 별로 안 좋다. 월요일은 얼어붙은 호수 같아서 밟을 때 어디가 얕게 언 곳인지 알지 못한다. 거기를 밟으면 얼음이 깨져서 물에 빠진다. 제라늄 길을 벗어나 학교 가는 쪽으로 방향을 틀었을 때 이런 생각이 들었다. 사실을 말하자면 이렇다. 내게 달력이 있다면 거기엔 아마 지금까지 거의 매일 '수영'이라고 적혀 있었을 거다. 하지만 그걸 굳이 따로 적을 필요가 없었다. 벌써 수년 전부터 해 온 일이니까. 그건 그냥 내 머릿속에 있었다. 지금은 머릿속에 검은 점이 있다. 잠그고 못질해 막아 놓았다. 출입 금지다. 이제 내 달력에서 지워진 그 부분을 어떻게 해야 할지 생각해 본다. 갑자기 비는 시간들이 철철 넘친다. 무엇보다 조심해야 하는 건 엄마다. 엄마는 내가 수영하러 가지 않는 걸 받아들이지 않을 거다. 그러니까 구실을 찾아내야 한다. "넌 할 수 있어." 할아버지가 한 말이 그 뜻이었을까?

25.

"안녕, 펠릭스! 아직 잠이 덜 깼니?"

펠릭스는 목소리가 들리는 인도 뒤쪽으로 몸을 돌렸다.

"알바!"

"방금 모퉁이에서 너한테 손을 흔들었는데 아무 반응이 없더라. 주말은 어떻게 보냈어?"

아, 알바. 너의 예쁜 목소리로 나를 감싸 줘. 나는 몇 시간이고 네 목소리를 듣고 있을 수 있어. 그렇지만 아무것도 묻지는 말아 줘. 대답할 말이 없어. 지금 너의 목소리는 뭔가 특별하다는 느낌이 들어. 하지만 나는 작고, 더럽고, 아무것도 아닌 놈이야. 말로 표현할 수도 없이 아름다운 너의 머리칼을 보고 있으면 마음속에서 작은 종소리가 들려. 그 색깔! 금빛도 아니고 갈색도 아니고 빨간색은 더더욱 아니지만 그 모든 게 섞여 있어. 내가 이 말을 네게 절대로 할 수 없다는 걸 너는 이해해야 해. 나는 네게 너무나도 형편없는 놈이야.

"펠릭스?"

"아, 미안."

"내가 방해했니?"

"아니, 아니야. 진짜 미안. 딴생각하고 있었어. 주말 어땠냐고? 재밌었어. 조부모님 집에 가서 장작을 팼어."

"주말 내내 장작을 팼다고? 아주 운동을 했구나!"

"내내는 아니고, 그냥 조금. 그것 말곤 평소랑 똑같았어."

알바도 보드게임 '화내지 마'를 해 본 적이 있을까?

"어떻게 지내셔?"

"누구?"

"누구긴, 너희 조부모님."

난 정말 바보 멍청이다!

"아, 너무 건강하시지. 진짜 좋으셔. 할아버지는 러시아 마니아야. 전쟁 때 참전한 후로 그 나라 광팬이야. 그 얘기만 했다 하면 정신없이 빠져드셔."

"정말? 그때 러시아는 적국이었잖아."

"그래, 맞아. 하지만 그곳에 계실 때 나치들이 러시아인들에 대해 무슨 말도 안 되는 헛소리를 지껄이는지 깨달으셨나 봐."

"멋있다. 그래도 러시아를 상대로 싸우지 않으셨어?"

"할아버지는 연락병이었어. 그래서 대부분의 시간 동안 혼자 말을 타고 이동하면서 한 지점에서 다른 지점으로 소식을 전달하셨어. 나중에는 러시아에서 포로로 잡히셨지."

"할아버지 연세가 몇이신데? 난 주변에서 2차 세계대전 때 군인이었던 사람을 한 명도 본 적이 없어."

"올여름에 100세 생일 파티를 하서."

"진짜? 대단하다! 산전수전 다 겪으셨겠네. 전쟁에서는 분명히 모든 게 끔찍했을 거야. 할아버지는 그걸 다 이겨 내기 위해 러시아를 사랑했어야만 하셨는지도 몰라."

"그럼 네 말은 원수를 사랑해라, 뭐 그런 뜻이야? 말도 안 돼! 원수는 미워해야 해. 철저히 미워하고 산산조각 내야 해!"

"뭐야, 뭐야! 너 왜 그래? 왜 그렇게 공격적이야?"

펠릭스가 어깨를 으쓱했다.

"러시아 사람이 아니라 진짜 원수를 말하는 거야."

26.

무슨 일이 일어나고 있는지, 내가 왜 갑자기 벌컥 화를 냈는지 모르겠다. 아, 알바가 혹시 내가 저녁만 되면 내내 총싸움 게임이나 하고 거기에서 못 벗어난다고 생각할지도 모르겠다. 그런 게 재미있다고 말하면 다들 그렇게 생각하니까. 하지만 난 그 게임을 자주 하지 않는다. 그리고 게임에서 중요한 건 적과의 싸움이 아니라 손놀림이다. 그런데도 게임 얘기가 나올 때마다 흠을 잡고 금세 겁을 먹는 사람들은 전혀 이해 못 한다. 여하튼 나는 알바한테 좋은 인상을 남기지 못했다. 어떻게 되든 무슨 상관일까. 어차피 나는 틀렸는데. 하지만 그걸 티내기에 알바는 너무 착한 애다. 나보단 차라리 마리우스와 친하게 지내는 게 나을지도. 마침 저기 있네. 그런데 왜 교문에서 어슬렁거리고 있지?

"안녕, 마리우스, 어떻게 지내?"

마리우스는 반에서 공부를 잘하는 축에 속한다. 오늘은 또 그 헐렁한 청바지에 낡은 재킷을 입고 돌아다니고 있지만! 그러나 머리에는 젤을 바르고 깔끔하게 빗질을 했다. 공부만 하는 모범생인 척하지만 사실은 누가 봐도 멋쟁이라는 걸 알 수 있다. 마리우스한테도 숨기고 싶은 게 있을까?

27.

"야, 너희한테 나쁜 소식이 있어. 이번 주에 독일어 수업 한대. 방금 게시판 보고 오는 길이야. 대체 수업 계획표까지 읽어 봤어."

학교 건물 입구에서 마주친 빈스가 팔을 들어 펠릭스의 어깨를 툭 쳤다.

"어이, 너는 좋지?"

펠릭스는 쓴웃음을 짓고 엄지를 치켜세운 뒤 재킷에서 손을 빼 흔들었다.

"걱정 마, 꼬맹이. 독일어는 재밌어. 곧 알게 될 거야. 그것도 첫 수업부터!"

펠릭스는 빈스가 무엇을 싫어하는지 알고 있었다. 하지만 가끔 장난기를 참지 못해 대놓고 빈스를 꼬맹이라고 불렀다. 그는 펠릭스보다 머리 두 개 정도가 작았다. 빈스가 아무렇지 않은 듯 말했다.

"넌 좋겠다, 꺽다리. 너한테 더 나쁜 문제만 안 생기기를 바랄게."

달마이어 선생님은 평소처럼 몇 분 늦게 수업에 들어와 아무 말 없이 학생들을 둘러보며 눈짓으로 인사했다. 선생님은 모든 것을 왼손으로 했다. 가방을 왼쪽 겨드랑이에 끼고 있다가 어설프게 교탁에 내려놓고, 왼손으로 듬성듬성한 머리칼을 쓸어 반쯤 벗어진 머리를 가렸다. 그러곤 가방을 연 뒤 잠깐 고개를 들어 말했다.

"자."

정적.

"그럼 시작하자."

청유보다는 자기 격려처럼 들리는 말이었다. 펠릭스가 이해하기로는 그랬다. 펠릭스는 달마이어 선생님에게서 끊임없이 감지되는 은밀한 분노가 신경 쓰였다. 반복적으로 잠깐씩 격해지는 조급함, 그건 선생님의 오른팔이 의미하는 고통의 무게를 대신 말해 주는 것 같았다. 학생들에게 어느 글에 대해 생각할 시간을 주고 혼자서 뭔가를 기록하거나 연습 문제지에 논평을 달아 줄 때 그 분노가 특히 눈에 띄었다. 몇 년이 지났음에도 여전히 선생님의 왼손 쓰기는 예전 오른손 쓰기만큼 유연하지 못했다. 그때마다 펠릭스는 그의 분노를 보았고 바로 그 이유로 달마이어 선생님을 좋아했다. 독일어 수업 자체를 좋아하기도 했다.

선생님이 가방에서 종이 뭉치를 꺼냈다. 맨 위에 있는 종이 모서리들이 구겨져 상당히 어수선해 보였다.

"이것 좀 나누어 주겠니?"

선생님은 알바에게 이렇게 말하고 온전한 손으로 다시 오른쪽에서 왼쪽으로 머리칼을 쓸어 넘긴 뒤 책상 모서리에 걸터앉았다. 잠시 후 끙끙대는 소리가 교실에 퍼졌다. 그 소리는 파도처럼 앞에서 뒤로 이어졌다.

"시라고요? 선생님, 이건 저희를 고문하시려는 건데요!"

선생님은 근엄한 표정으로 마리우스를 건너다보았다. 마리우스는 의자에 상체를 기대고 앉아 손에 쥔 종이를 흔들었다. 선생님은 이런 발언에 어떤 식으로 반응해야 하는지 전혀 알지 못했다. 펠릭스는 달마이어 선생님이 그 무례한 발언에 불쾌해하고 있다는 걸 분명히 느꼈다. 일말의 진지함도, 대꾸할 가치도 없는 발언이었다. 얼굴에 난처한 기색을 띤 선생님이 마리우스에게 말했다.

"걱정 마. 시는 설사도 두통도 유발하지 않아. 읽기라도 해 봐. 5분 준다."

선생님이 책상 모서리에 앉은 채 축 늘어진 오른손을 조금 펴고 주위를 둘러보았다. 펠릭스는 손으로 머리를 받치고 시를 읽기 시작했다.

두 사람이 한 척의 배를 저어 간다. 한 사람은 별을 알고, 한 사람은 폭풍을 안다. 한 사람은 별을 지나 데려갈 것이고, 한 사람은 폭풍을 지나 데려갈 것이다. 마지막에, 아주 마지막에 이르렀을 때,

기억 속 바다는 파란색이리라.*

펠릭스는 벌써 뭔가를 메모하고 있는 아이나르를 바라보았다. 빈스가 활짝 웃으며 펠릭스에게 가운뎃손가락을 내밀었다. 알바는 열심히 생각하는 중이었고 하미드는 종이를 양손에 쥔 채 눈을 감고 있었다. 마리우스가 맨 뒷줄에서 다 들리게 큰 소리로 말했다.

"적어도 연애시는 아니네! 고맙습니다, 달마이어 선생님. 길이도 시에 딱 맞아요. 다만 안타깝게도 시인이 많은 걸 떠올리지 못했군요. 계속 같은 말만 반복하고 있으니."

하미드가 감았던 눈을 뜨고 말했다.

"시적 장치야, 마리우스! 들어 보기는 했어?"

그러자 이번엔 마누가 참견을 했다.

"뭔가 말투가 구식이야. '별을 알고…… 폭풍을 알고…….'"

시구를 인용하는 마누의 목소리가 웅얼댔다.

"중세나 뭐 그런 시대에 쓴 걸까? 이건 우리 할머니도 그다지 아름답다고 생각하지 않겠는데."

마누의 말에 달마이어 선생님이 이마를 찌푸렸다. 텍스트를 진지하게 대하지 않는 것을 싫어하는 선생님은 어서 말해 보라는 듯 자꾸 펠릭스를 쳐다보았다. 그러나 손을 든 건 아이나르였고 곧 활발한 토론이 벌어졌다. 아이나르는 이 시가 바다를 헤매다 돛대가 부러지고 해적의 습격

• 「두 사람」, 라이너 쿤체.

을 받는 블록버스터 영화들의 원천 자료쯤 된다고 보았다. 펠릭스는 시를 몇 번이고 되풀이해서 읽으며 생각했다. 공백! 이 시에서 가장 중요한 건 공백인 것 같았다. 그러나 작가는 사물을 너무 긍정적으로 보았다. 펠릭스는 기억 속의 바다가 있다면 검은색일 거라고 확신했다.

28.

"여러분, 흡연자 없는 흡연 구역. 나는 이 악명 높은 장소의 이름을 바꾸는 것에 찬성합니다. 무슨 다른 제안 있습니까?"

아이들이 빈스를 딱하다는 듯이 쳐다보았다.

"여기서 담배 안 피운 지가 겨우 사흘인데 벌써 세상을 바꾸려 드네!"

아이나르가 고개를 절레절레 흔들며 말했다.

"이곳은 원래 몇 년 전부터 흡연 금지였어! 비결은 바로 '흡연 구역에서 흡연하지 않기' 라고. 위트도 이해 못 해?"

"자기기만 하게 놔둬. 쟤는 그냥 담배 생각을 안 하고 싶은 거야."

알바가 빙긋 웃으며 말하자 빈스가 그대로 서서 두 팔을 벌렸다.

"알바, 넌 내 영혼 깊숙한 곳을 들여다보았어. 내 여친이 되지 않을래? 나는 적어도 너와 함께 보낼 시간이 있어. 누구처럼 날마다 수영 훈련 하러 가지는 않아."

펠릭스는 숨이 콱 막혔다. 아, 저 좀생이! 그러니까 이게 내가 꼬맹이라고 불렀다고 복수하는 거구나. 펠릭스는 차라리 땅속으로 꺼지거나 허공으로 사라지고 싶었다. 할 수 있는 유일한 행동은 눈알 굴리기뿐이었다. 반면에 알바는 당황하지 않았다. 펠릭스가 보기에는 그랬다.

"그럼 넌 키높이 신발부터 구해야 할걸."

알바가 말했다. 빈스를 김빠지게 하는 데는 그걸로 충분했다. 빈스는 즉시 패배를 인정하고 오른팔과 검지를 잭나이프처럼 쫙 펴면서 알바의 말에 동의했다.

"네 말이 맞아. 엄마와 자식처럼 보이면 얼마나 우습겠어. 키높이 신발을 한번 고려해 볼게."

빈스는 눈썹을 치켜올리고는 아주 잠깐 동안 일부러 말을 중단했다.

"그런데 이 작고 누추한 곳의 이름을 바꾸는 건 어떻게 생각해? 무슨 제안이라도 있어?"

모두 말이 없었다. 아무도 빈스의 말을 진지한 권유로 생각하지 않았다. 아이나르와 하미드는 지루한 듯 학교 건물 뒷벽에 몸을 기댔고, 펠릭스와 푸푸는 흡연 구역을 둘러싼 작은 울타리에 앉아 허공을 바라보았다. 알바와 빈스는 각각 팔짱을 낀 채 서로 거리를 두고 말없이 마주 보고 서 있었다. 그때 마리우스가 불쑥 말했다.

"'청정 구역'이나 '해먹'은 어때?"

모두가 조금 놀란 표정으로 그를 바라보았다.

"너한테 그런 번득이는 재치가 있을 줄은 전혀 몰랐는데. '우리 곧 해먹에서 만나자.' 나쁘지 않네! 금세 야자수와 파란 하늘이 떠오르잖아. 기발한 생각이야!"

푸푸의 말이 끝나는 순간 유리가 번개처럼 아이들 사이로 뛰어 들어왔다.

"나도 여행 갈래!"

유리가 큰 소리로 말하고 알바를 껴안더니 그 옆에 찰싹 달라붙었다.

"야, 마스코트! 너도 당연히 해먹에 누울 수 있어."

빈스는 오늘 보기 드물게 인심이 좋았다.

"근데 해먹이 없잖아."

유리가 황당하다는 표정으로 주변을 두리번거리며 말했다.

"단어 하나로 볼품없고 지저분한 구석을 낙원으로 바꾸는 것, 그게 진짜 예술이야."

하미드가 딱히 누구를 쳐다보지도 않고 허공에 대고 말했다.

"난 우리의 철학자 말씀에 동의해. 상상력이 있으면 멀리할 수 있는 것들이 있어. 안 그러면 어떻게 살아남겠어?"

빈스가 말하자 아이나르가 그건 아니라는 듯이 손사래를 쳤다.

"해먹은 듣기엔 좋은 말이야. 그런데 매일 여기에 왔다가 늘 똑같은 쓰레기만 있고 해먹을 설치할 곳도 없다면 얼마나 실망스럽겠어!"

"아이나르, 이 고리타분한 현실주의자야, 그냥 '상상'이라는 걸 좀 해 봐! 네가 여기에 와서 진짜 해먹을 기대한다면 당연히 실망하겠지."

알바의 말에 빈스가 중얼거렸다.

"알바는 우리와 어울리기에 너무 똑똑해."

이번엔 알바가 눈썹을 치켜올렸다. 하지만 빈스가 그랬을 때처럼 사악해 보이지는 않았다. 알바가 눈을 치켜뜨며 말했다.

"이리저리 상상만 하지 말고 진짜로 이곳을 바꿔 보자. 꽃 몇 송이랑 의자 몇 개, 쓰레기통을 갖다 놓으면 우리의 흡연 구역은 훨씬 보기 좋아질 거야."

빈스가 또 알바를 향해 검지를 뻗으며 말했다.

"하지만 그렇게 하면 이 구역이 너무 붐비게 되지 않을까?"

"괜찮아. 난 그게 좋다고 생각해. 그렇게 되면 우리가 '해먹 특별활동반'을 만들어서 계속 활동해도 되고."

아이나르가 말을 마치자 쉬는 시간의 끝을 알리는 종이 울렸다.

29.

"당당한 기본자세! 발을 어깨 넓이로 벌리고 선다, 허리를 곧게 편다, 머리는 바로 위에서 실이 잡아당기는 것처럼. 자, 시작! 걷기, 속도 2단."

'붉은 올리'의 목소리가 실내에 쩌렁쩌렁 울렸다. 오늘도 지각인 디미 선생님 대신 선홍색 머리칼의 조교가 연극반을 제시간에 시작시켰다.

"4단!"

모든 학생이 걷기에서 뛰기로 전환하면서 서로 부딪치지 않으려고 애썼다. 쉬운 일은 아니었다. 강당 전면의 거울 벽을 보며 동작을 확인하느라 옆 사람에게는 신경 쓰지 않았기 때문이다. 한편 펠릭스는 거울 강당이 오늘처럼 불편했던 적이 없었다. 그는 벽에서 눈을 피했다. 강당에 있는 내내 거울이 자신을 까발리는 느낌이 들어서였다. 자신에게 어떤 오물이 묻었고 어떤 약점과 부끄러움이 있는지 폭로할 것 같았다.

"마리우스, 고개 들어! 너희는 모래주머니가 아니라 똑바로 걷는 인간들이다!"

몇몇 학생들이 '붉은 장군'이라고도 부르는 올리가 강당에 대고 명령하며 손뼉을 쳤다. 아담한 체구에 늘 검은 옷을 입고 다녀서 존재감이 엄청난 사람이었다.

"3단, 발을 끌고 걷기!"

빈스가 펠릭스에게 다가와 등을 두드리며 속삭였다.

"발을 끌고 걷기라잖아. 네안데르탈인처럼 걷는 게 아니고!"

펠릭스는 주먹으로 빈스의 팔뚝을 한 대 쳤다. 그리고 빈스가 푸푸에게 가서 똑같은 장난을 치는 걸 보았다.

"절뚝거리기!"

붉은 올리가 소리치자 다른 아이들이 빈스를 향해 보복의 말을 퍼부었다.

"빈스, 아주 완벽해!"

그 순간 사실상 연극반의 담당 교사인 디미가 들어왔다. 이 턱수염 난 그리스인은 절뚝거리는 학생들 틈에 스며들더니 금세 고릴라로 변해 두 팔을 휘저으며 강당을 누볐다. 모두 즉시 디미를 흉내 냈다. 그렇게 하라는 뜻이라는 게 누가 봐도 분명했기 때문이다. 실내가 갑자기 꺅꺅 소리 지르는 원숭이들로 가득해졌다. 펠릭스는 무기력에서 깨어나 가장 시끄럽게 비명을 지르는 원숭이가 되었다. 어찌나 후련하던지!

디미가 자세를 바로 하고 두 주먹으로 가슴을 치며 포효했다.

"쟁반!"

붉은 올리가 이렇게 외쳐 디미를 제지하고는 관자놀이에 대고 검지를 빙빙 돌렸다.

학생들은 이제 서빙 쟁반에 놓인 유리컵들처럼 너무 가깝지도 너무 멀지도 않게 흩어져 자리를 잡았다. 디미는 선두에서 지휘하기 시작했다.

"좋아요, 여러분. 준비 운동은 이걸로 됐어. 앉아. 너희는 훌륭한 고릴라야. 이젠 다음 공연 주제를 정할 때야. 제안해 볼 사람?"

"로미오와 줄리엣!"

또 빈스였다. 그는 쓸데없이 펠릭스에게 윙크를 했다.

"스타워즈!"

다른 누군가가 외쳤다.

"우주에 사는 돼지를 말하는 거겠지!"

빈스는 정말 입을 한시도 다물지 않았다. 디미가 손사래를 쳤다.

"그건 학기 초에나 시작할 수 있어. 지금 벌써 3월인데 그런 대작을 하기에는 너무 늦었지. 그래서 다른 것을 생각해 두었어. 혼자서나 두 명씩도 할 수 있는 작은 장면들이야. 주제는……."

디미가 강당 전면의 벽을 가리켰다.

"아, 안 돼요. 디미, 설마 진심은 아니겠죠!"

"거울아, 거울아, 이 나라에서 누가 제일 예쁘니?"

"넌 아냐, 마리우스!"

"아, 재미없어!"

학생들이 갑자기 한꺼번에 뒤엉켜 말하자 디미가 손을 들어 조용히 하라는 신호를 보냈다.

"우리의 거울은 너희가 거울 앞에서 보여 주는 것보다 훨씬 많은 걸 비출 수 있어!"

디미는 맞은편에 서 있는 붉은 올리에게 가까이 오라고 손짓했다. 그러고는 손으로 허공에 보이지 않는 타원형을 그렸다. 둘 사이에 거울이 생겼다. 디미는 거울 앞에서 옷단장을 하기 시작했다. 입지도 않은 셔츠의 단추를 채우고 상상의 나비넥타이를 똑바로 맸다. 머리칼을 쓸어 넘기며 자신이 멋있다고 생각하는 듯했다. 하지만 붉은 올리가 반사해 보여 준 것은 전혀 다른 모습이었다. 디미와 마주 선 올리는 인상을 쓰고, 고개를 가로젓고, 혀를 내밀며 디미를 조롱했다. 디미가 연기를 중단하고 말했다.

"거울이 무엇을 할 수 있는지 다들 봤지? 상상의 나래를 마음껏 펼쳐 봐!"

30.

알바는 울타리 옆에 서서 펠릭스를 기다렸다. 늘 그랬듯이, 세상 그 어떤 창피함도 아무렇지 않다는 듯이. 누가 무슨 허튼소리를 해도 괜찮다는 듯이. 알바가 환하게 웃었다.

"디미는 내 영웅이야. 상상하는 것들이 어쩜 늘 그럴까! 천재 같아."

펠릭스는 배낭을 어깨에 둘러메고 알바와 함께 걷기 시작했다.

디미? 그냥 선생 중 하나일 뿐이야.

"그분은 평범한 교사가 아니야! 우리가 누구누구 선생님이라고 부르지 않고 '디미'라고 해도 되는 것만으로도 난 대단하다고 생각해! 디미의 연극반이 너무 재미있어. 이번 학년에 연극반을 선택해서 얼마나 좋은지 몰라. 너는 거울 아이디어를 어떻게 생각해?"

펠릭스는 어깨를 들썩였다.

"몰라. 생각해 봐야 해."

"너한테 어울리는 좋은 아이디어가 있어!"

알바가 짓궂은 미소를 지었다.

"뭔데?"

사실 펠릭스는 전혀 궁금하지 않았다.

"거울 한쪽에 한 명이 서서 요란하게 몸짓하고 욕을 해. 거울 맞은편엔 네가 서서 즐겁게 휘파람을 불며 손톱을 다듬는 거야."

펠릭스는 알바의 말뜻을 금방 알아들었다.

"한심한 테슈너 선생님한테서 영감 받았구나!"

알바가 웃었다.

"맞아! 그리고 네 공책의 그림도. 잘 그렸다고 생각했거든. 그동안 새로 그린 거 있어?"

"그림?"

펠릭스는 재킷 주머니를 뒤졌다.

"여기."

알바는 걸음을 멈추고 페이지를 넘겨 보았다. 펠릭스는 알바 옆에 가만히 서 있는 게 바보 같아서 천천히 발걸음을 옮기며 알바도 따라 걷기를 바랐다. 바람대로 알바는 걷기 시작했지만, 곧 다시 걸음을 멈췄다.

"너 공포 영화 찍을 생각이야?"

알바가 다시 펠릭스를 따라잡았다.

"이 괴물 얼굴은 진짜 섬뜩하다! 칼자국투성이에, 상처에서 피가 흐르는 미라 같아. 조금 징그럽지 않아?"

아, 제발 아무것도 묻지 말았으면. 아무 말도 하지 말고 그냥 안아 주었으면.

펠릭스는 그렇게 되기를 간절히 바라면서도 알바가 정말 그렇게 할까봐 두려웠다.

"허접하게 손가락 운동 좀 한 거야."

펠릭스는 이렇게 말하고 알바에게서 공책을 빼앗아 방금 지나친 휴지통에 던졌다.

"펠릭스? 그렇게 함부로 버리면 안 되지!"

펠릭스가 웃었다.

"다 봤잖아."

"그건 그렇지만……."

알바는 석연치 않다는 듯 말을 길게 끌고 찌푸린 얼굴로 펠릭스를 쳐다보았다.

"걱정 마. 내가 한가득 낙서해 주기만을 기다리는 이런 공책이 집에 수십 권이나 있어."

알바가 펠릭스를 걱정스럽게 바라보았다.

"하지만 거기에도 멋있는 걸 그릴 수 있었잖아. 그게 너한텐 아무것도 아니야? 넌 수영장 시상대에 설 때만 네가 자랑스러워?"

펠릭스가 깜짝 놀라 말했다.

"절대 그렇지 않아!"

용기를 북돋워 주려 했던 건 감동적이었으나 안타깝게도 알바는 완전히 잘못 짚었다. 펠릭스는 다른 이야기를 하고 싶었다. 하지만 오늘 오후에 우리 집에 오겠냐고, 나랑 같이 영어 공부 하겠냐고, 같이 시내에 나가겠냐고 알바에게 묻는 게 너무나 어려웠다. 펠릭스는 이런저런 문장들을 만들어 내 보려고 머리를 굴렸지만, 벽은 넘어설 수 없게 더욱더 높아지기만 할 뿐이었다. 점점 평범하고 단순하고 자연스럽게 들릴 만한 질문을 아예 찾을 수 없어졌다. 다들 펠릭스의 머릿속엔 그 망할 수영장밖에 없는 줄 아는 모양이었다.

모퉁이에 이르러 오른쪽으로 방향을 틀면서 알바가 입을 열었다.

"그런데 말이야, 우리 집에 한번 오지 않을래? 난 거의 집에만 있어."

이심전심 같은 게 작동한 걸까?

"그래, 좋아. 얼마든지!"

"그럼 또 봐. 잘 가!"

"너도 잘 가."

펠릭스는 알바 뒤에서 중얼거리며 자신이 말할 수 없이 멍청하고 어색하게 굴었다고 생각했다. 모든 게 이렇게 간단할 수 있었는데.

31.

현관문을 열었을 때 펠릭스를 맞은 건 혼수상태 같은 정적이었다. 엄마가 집에 없다는 뜻이었다. 오래된 부엌 시계만이 똑딱거렸다. 신발들은 복도에 가지런히 늘어서 있었고 주방 알림판에는 쪽지가 붙어 있었다. '7시쯤에나 올 거야.' 전에 시내 아파트에 살 때는 이렇게 깔끔하지 않았다. 펠릭스가 기억하기로는 그랬다. 이유가 뭐였을까? 아빠가 그토록 지저분한 인간이었을까, 아니면 누가?

'우리 집에 한번 오지 않을래?'

또 그 말이 생각났다. 맙소사, 꿈은 아니겠지! 마음 같아서는 당장 알바네 집으로 달려가고 싶었다. 하지만 그렇게 하면 꼴이 얼마나 우스울까? 헤어진 게 방금 전인데. 펠릭스는 서둘렀다는 인상을 주지 않고 갈 수 있는 날이 언제일지 요일을 헤아려 보았다. 그리고 레인지 위에 놓인 수프는 건드리지도 않고 사과 한 개와 초콜릿 와플을 들고 거실로 건너갔다. 텔레비전 소리가 머릿속 생각을 집어삼켰다. 펠릭스는 채널을 획획 돌리다가 잠시 퀴즈쇼를 보고, 곧 다른 시대의 모험 영화로 빠르게 채널을 돌렸다. 〈타잔〉이었다. 너무 구닥다리여서 웃음을 참을 수 없었다. 특히 허리춤에 옷감을 두른 남자가 밀림을 향해 소리 지를 때가 그랬다. 그러다 안락의자에 떨어진 음식 부스러기가 펠릭스의 눈에 들어왔다. 나중에 엄마가 보면 화를 낼 것이었다. 펠릭스는 열심히 두 손으로 부스러기를 쓸어 모아 입에 털어 넣고는 바로 자리에서 일어나 텔레비전을 껐다. 무엇을 해야 좋을지 몰랐다. 펠릭스의 시선이 서가에 놓인 아이 사진에 머물렀다. 사진 속에서 웃고 있는 아이는 너무 멀리 있었다. 그게 제 모습이란 생각이 들지 않았다. 과거의 자신과 현재의 자신 사이에 벽이 생겼다. 지난주까지만 해도 '이젠 수영 가방을 챙겨야 한다'고 믿음직스럽게 말하던 내면의 시계가 더 이상 작동하지 않았다. 인생의 나침반이 망가졌다. 대신 집 안의 정적 속에 수상한 무언가가 웅크리고 있었다. 갑자기 모르는 사람이 저 구석을 돌아 그의 앞에 덜컥 와 설 것 같았다. 숨어 있던 누군가가 바로 지금 튀어나올 것 같았다. 진작부터 그를 기다리고 있던 사람이. 이 대낮에! 여기서 나가야 했다.

32.

1-A? 아니면 1-B? 펠릭스는 승차권 자동판매기 앞에서 결정을 내리지 못하고 서 있었다. 어느 것을 골라야 할지 몰랐다. 트램을 타고 시내에 나가본 적이 없었던 것이다.

"학생증 없어요?"

옆에 있던 여자가 참지 못하고 물었다.

"아, 맞다. 감사합니다!"

펠릭스는 재킷 주머니에 손을 넣었다. 다행히 학생증이 들어 있었다. 평소엔 수영장 가는 버스를 탈 때만 쓰던 것이었다.

지옥행 티켓.

그는 헤드폰을 끼고 트램에 올랐다. 이름을 발음하기도 어려운 핀란드 밴드의 음악이 머릿속에 맴도는 모든 것을 쓸어버렸다. 창밖을 내다보니 모르는 거리와 정류장이 스쳐 지나갔다. 그가 사는 '꽃동네'와 마찬가지로 대부분 따분한 모습이었다. 트램이 도심에 가까워질수록 단독주택들이 적어졌다. 다음 정류장에서 벗어났을 때, 누군가 불쑥 펠릭스의 어깨를 두드렸다.

"마누? 여기서 뭐 해?"

펠릭스는 끼고 있던 헤드폰을 벗었다.

"나도 너한테 물어보려던 참이야!"

마누는 맞은편 빈 좌석에 털썩 앉은 뒤 계속 껌을 짝짝 씹었다.

"쇼핑하러 가?"

"아니. 너는?"

펠릭스는 한 줄로 늘어선 6층짜리 건물들이 스쳐 가는 것을 보았다.

"조카 돌보러 언니네 가는 중이야."

"너 여기 살아?"

"그럼 안 돼?"

펠릭스는 마누가 드러낸 공격성에 놀랐다. 같은 반이고, 거미를 무서워하고, 수업 시간에 거의 발표를 안 한다는 것을 빼면 펠릭스는 마누에 대해 아는 것이 없었다.

"너는 내가 어디에 사는지 단 한 번도 생각해 본 적 없을걸!"

펠릭스는 깜짝 놀라 말문이 막혔다. 얘가 왜 이러는 걸까? 펠릭스는 이 말을 무시하기로 했다. 혹시 어떤 대답을 듣고 싶은 걸까? 마누가 어디에 살든 펠릭스는 전혀 관심이 없었다.

"난 그냥 네가 학교 가는 길이 굉장히 멀겠다고 생각했을 뿐이야."

"익숙해졌어. 누구나 학교에서 모퉁이만 돌면 있는 고급 단독주택에 살 수는 없잖아. 게다가 우리 동네엔 직업학교 하나밖에 없어. 가장 가까운 시내에 김나지움이 있긴 한데 거긴 우리 학교보다 더 멀어. 우리 부모님은 두 학교 다 완전히 사치라고 생각하시고."

펠릭스는 마누가 짝짝 껌 씹는 소리가 신경에 거슬렸다.

"너 우리가 얼마나 코딱지만 한 성냥갑에 사는지 알아?"

마누는 어디까지 상상한 걸까! 궁전이라도 바라는 걸까? 그보다 펠릭스는 마누 부모님이 학교를 '사치'라고 생각할 수 있다는 것에 놀랐다.

"그럼 부모님은 네가 무엇이 되기를 바라셔?"

마누는 창밖을 바라보았다.

"미용사를 할 거면 학위가 필요 없다고 생각하셔."

그건 전적으로 맞는 말이었다. 펠릭스가 말했다.

"맞는 말이긴 해. 근데 꼭 미용사가 되어야 하는 거야? 너를 행복하게 해 줄 수 있는 수천 가지 다른 가능성이 있잖아."

마누는 펠릭스를 쳐다보고 껌을 입에서 꺼내 휴지에 싸더니 자리에서 일어났다.

"그건 그래. 나 여기서 내려야 해. 내일 보자."

33.

트램이 터널로 들어가 바깥이 깜깜해졌을 때 펠릭스는 창문에 비친 흐릿한 제 모습을 보았다. 그리고 깜짝 놀라 잠시 생각했다. 내가 볼품 없이 희미한 존재인 데다 평범한 세계에 더는 어울리지 않는다는 게 벌써 드러나는 걸까? 펠릭스는 시선을 돌렸다. 생각이 다시 마누에게로 향했다. 함께 세 정류장을 지나오는 동안 마누에 대해 지난 4년 동안보다 더 많은 것을 알게 되었다. 마누의 말이 맞았다. 펠릭스는 어떤 식으로든 그 아이에 대해 생각해 본 적이 없었다. 하지만 그게 어쨌다고? 마누의 거미 히스테리는 짜증을 유발하고도 남았다. 마누는 다리가 두 개 넘게 달리고 기어다니는 것만 보면 비명을 질렀다. 그것 말고는 특별히 눈에 띄는 아이가 아니었다. 흡연 구역에는 한 번도 오지 않았다. 쉬는 시간에 뭘 하는지도 몰랐다. 수업 시간엔 차례가 되면 주제에서 벗어나 장황하게 말하는 경향이 있었다. 그래서 마누가 발표할 때면 펠릭스는 대부분 신경을 껐다. 걔가 그걸 알아챈 걸까? 하지만 펠릭스가 마누와 실제로 이야기를 나눠 본 적이 없었던 건 그 아이가 단독주택에 살지 않아서가 아니었다! 그냥 이야기할 만한 일이 일어나지 않았던 거다. 펠릭스는 벨라, 페터, 미라, 이르미와도 거의 대화를 하지 않는다. 그저 친하게 지내는 애가 있고 그렇지 않은 애가 있을 뿐이다. 펠릭스는 푸푸, 빈스, 마리우스와 친했다. 하미드도 대부분 함께 어울렸지만 그 애는 주로 혼잣말을 했다. 그럼 아이나르는? 아이나르는 다른 애들이 넘볼 수 없는 수준의 학생이었다. 걸어다니는 위키피디아면서도 착했다. 그리고 비교 불가의 알바도 있었다.

아그네스 교회. 트램에서 내린 펠릭스는 옛날에 살던 동네를 다시 찾을 수 있기를 바랐다. 그는 금세 모퉁이에 있는 문구점을 알아보았다. 저곳에서 1학년 때 만년필을 사지 않았던가? 선반에 커다란 펠리칸이 그려진 광고판이 세워져 있었다. 살아 있는 펠리칸은 동물원에서 본 적이 있는데 부리 주머니에 물고기들이 가득 들어 있었다. 그때부터 펠릭스는 뚜껑에 작은 펠리칸이 새겨진 만년필을 꼭 갖고 싶었다.

펠릭스는 교회 앞을 지나는 직선 도로로 들어섰다. 그리고 건물 전면 간판에 검은 코끼리가 그려진 카페를 알아보았다. 엄마가 늘 하필 그때 뭔가 중요한 일이 생겼다며 들어가려 하지 않았던 곳이었다. 50미터를 더 가니 빵집이 나왔다. 펠릭스는 그곳에서 하얀 생쥐 젤리나 초코마시멜로 빵을 사 먹곤 했다. 그때는 빵집에서 그를 모르는 사람이 없었는데, 지금은 펠릭스도 다른 사람들과 똑같은 일개 손님일 뿐이었다. 가게에서 나는 냄새는 펠릭스를 휘감고 여섯 살 때로 돌려놓았다. 그는 아이들이 여전히 동물 모양 젤리, 흰색과 분홍색 마시멜로, 감초 막대 젤리를 사는 모습을 평온하게 구경했다. 그러다 불현듯 배가 고파져 커틀릿 빵을 샀다. 다시 거리로 나왔을 때는 어느 방향으로 가야 할지 갑자기 자신이 없어졌다. 펠릭스는 왼쪽으로 갔다. 길 오른편의 큰 건물은 고등법원인 게 분명했고 그 앞 도로가 옛날 그가 살던 동네로 이어졌기 때문이다. 그러나 다음 모퉁이에 이르자 길을 잘못 든 것 같았다.

장난하나! 이젠 정말 물어봐야 할까? 이게 뭐야, 창피하게!

펠릭스는 빵집 쪽으로 되돌아가 법원 반대편 앞을 지나는 도로로 들어섰다. 드디어 제대로 길을 찾았다. 어릴 적 학교에 다닐 때마다 지나다녔던 모퉁이였다. 구멍가게 앞에 쇠사슬로 묶여 있던 커다란 셰퍼드는 보이지 않았다. 가게도 사라지고 대신 술집이 들어서 있었다. 어릴 때 펠릭스는 쇠사슬이 너무 길어 자신에게 닿지는 않을까 매일 겁을 먹었다. 한번은 개가 무시무시하게 짖어대는 통에 무서워 죽을 뻔했다. 최대한 상냥하게 다가갔는데도 그랬다. 어쩌면 둘은 친구가 될 수도 있었지만 개는 그저 험악하게 반응했다. 펠릭스는 여전히 그 기분을 느낄 수 있었다. 그때 느낀 두려움은 뼛속 깊이 숨어 있었을 뿐이었다. 멍청한 개가 자신의 의도를 이해하지 못했다는 데도 어느 정도 실망감이 있었다.

우리는 좋은 팀이 될 수 있었단 말이야!

펠릭스는 속으로 개한테 이 말을 얼마나 자주 했는지 모른다. 그랬다면 덩치 큰 남자애들이 하굣길에 그를 앞뜰에 가두고 철문을 닫아 버릴 생각은 하지 못했을 텐데! 펠릭스는 대로로 꺾어 들자마자 모퉁이에서 예전에 살던 건물을 발견했다. 신축 건물은 아니고, 현관문 위에 아기 천사의 얼굴이 새겨져 있고 건물 전면에 덩굴식물이 덮여 있는 집이었다. 펠릭스는 위를 올려다보며 자신이 엄마 아빠와 살던 곳이 3층이었는지 아니면 2층이었는지 떠올려 보았다. 왜 하필 그게 기억나지 않을까? 너무 무턱대고 길을 나선 것일지도 몰랐다. 마음 같아서는 건물로 들어가 현관 창문을 통해 안뜰을 내려다보고 싶었다. 정말로 거기에서 라인강이 보였었나? 아니면 아빠가 펠릭스의 주의를 다른 데로 돌리려고 들려준 말에 불과했을까? 아빠가 개에 관해 해 준 충고도 기억났다. 개를 쳐다보지 말고 조용히 지나가라고 했었다. 하지만 그건 전혀 효과가 없었다! 종합해 보자면 아빠의 말은 다 바보 같고 속이 빤히 들여다보이는 것들이었다.

34.

아니다! 한 번은 효과가 있었다. 아빠가 수영을 가르쳐 줄 때 나는 물에 가라앉을까 봐 무척 겁이 났다. 그때 아빠는 물속에 있는 내 배 위에 손을 얹고 몇 번이나 이 말을 반복했다. "너는 물에 빠져 죽지 않아. 내 손이 늘 여기에서 너를 잡고 있으니까." 아빠의 말은 사실이었다. 수영을 할 줄 알게 되고 더는 아빠의 도움이 필요 없어진 후에도 나는 여전히 그 손길을 느꼈다. 적어도 지금이라면, 아빠는 무엇을 해야 할지 알았을 거다. 따로 설명하지 않아도 벨러가 어떤 개자식인지 알았을 거다. 하지만 아빠는 그냥 사라졌다. 인생에서도 그렇게 간단히 도망칠 수 있다는 것처럼. 엄마는 아빠가 어디에 있는지 한마디도 하지 않는다. 빌어먹을 인생! 항상 모든 것을 빼앗아 가다니. 나는 그 모든 걸 내 안의 지하실 깊숙한 곳에 처넣고 잠가 버리는 수밖에 없다.

35.

검은 파도가 덮치면서 펠릭스는 자신이 왜 여기에 왔는지 깨달았다. 더는 훈련에 갈 수 없어서였다! 그 이후로 펠릭스의 주간 일정이 모두 망가졌을 뿐만 아니라 지금까지 그를 존재하게 했던 모든 것이 박살 났다. 찬란한 승자였던 펠릭스는 시내를 배회하는 불결하고 하찮은 존재가 되었다. 그의 99퍼센트를 이루던 일을 더 이상 할 수 없어졌기 때문이다. 그를 잡아 주었던 손이 그를 배신했다. 그의 어깨를 두드려 주었던 손도 그를 배신했다. 펠릭스는 인생의 기반을 잃었다. 펠릭스가 느끼기에 거기엔 자신의 책임도 있었다. 1등을 하고 시상대에 섰을 때 그 황홀한 느낌! 그것이 다른 모든 일에 대해 펠릭스를 눈멀게 했다.

슬펐던 마음에 느닷없이 분노가 타올랐다. 왜 자신이었을까? 왜 다른 사람이 아니었을까? 정류장으로 돌아가는 길에 펠릭스는 방금 지나온 쓰레기통을 주먹으로 쳤다. 앞에서 걷던 여자가 놀라서 뒤돌아보았다. 펠릭스는 길을 건넜다. 가슴속 분노가 계속 끓어올랐다. 마음 같아서는 길가 상점의 유리창을 때려 부수고 싶었다. 분노는 효과가 있었다. 불결하고 하찮은 존재가, 콧구멍을 벌름거리며 방해가 되는 것마다 모두 뿔로 들이받는 사나운 황소가 되었다. 펠릭스는 지하철 계단을 내려가다가 층계참에서 구석에 앉아 구걸하는 노숙자와 맞닥뜨렸다. 때

마침 임자를 만난 것이다. 펠릭스는 페널티 킥을 하는 축구 선수처럼 오른발을 뒤로 젖혔다가 노숙자가 앞에 놓아둔 컵을 힘껏 걷어찼다. 컵에 든 동전이 사방으로 날아갔다.

"사람 살려! 저 사람이 날 죽이려고 해요!"

바닥에 앉은 남자가 소리쳤다. 펠릭스는 고개를 숙이고 양손은 재킷 주머니에 넣은 채 동요 없이 승강장으로 향하는 다음 계단을 내려갔다.

"잠깐!"

그때 두 손이 그를 와락 붙들었다. 파란색 재킷, 흰색과 파란색이 섞인 모자, 가슴 주머니에 꽂힌 무전기.

"천천히."

우연히 승강장에 서 있다가 비명을 들은 경찰관의 목소리였다. 펠릭스는 자신을 꽉 잡은 손에서 벗어나려고 몸부림을 쳤으나 곧 기운이 빠졌다.

"따라와!"

주위에 둘러선 사람들이 쳐다보며 고개를 절레절레 흔들었다.

"또 문제 있는 청소년이군."

"저런 놈들 좀 제발 처넣으라고!"

한 사람은 그렇게 소리치며 주먹 쥔 손을 들어 올렸다. 경찰관은 펠릭스에게 다시 계단을 올라가라고 했다. 조금 전 그곳에서는 노숙자가 무릎을 꿇고 층계참을 기어다니며 동전을 줍고 있었다.

"이놈이에요! 이놈이 나를 죽이려 했어요!"

노숙자가 소리쳤다. 펠릭스는 아까부터 다시 쪼그라들어 있었다. 지나가는 사람들의 시선에 몸이 굳었다. 그는 자신의 모습이 아무에게도 보이지 않았으면 하고 바랐다.

"일부러 그런 게 아니에요. 어쩌다 컵에 부딪친 거라고요."

펠릭스가 더듬거리며 말하자 노숙자가 소리를 질렀다.

"어쩌다? 그 킥 솜씨를 봤어야 하는 건데! 축구 선수였으면 슈퍼 골 감이었다니까."

경찰관은 펠릭스의 팔을 놓더니 이름과 주소를 묻고 받아 적었다. 시간이 무한정으로 늘어나는 것 같았다. 펠릭스는 경찰관이 자신을 놓아 줄 때만을 기다렸다. 마침내 경찰관이 펜을 집어넣고 말했다.

"상황이 어찌 되었든, 사과해!"

펠릭스는 바닥에 앉아 있는 노숙자에게 다가가 동전을 주워 그의 컵에 넣었다. 그리고 작은 소리로 "죄송합니다" 속삭이고는 그에게서 풍기는 오줌 냄새를 외면하려 애썼다. 노숙자가 씩씩거리며 말했다.

"꺼져, 재수 없는 놈. 다음번 화풀이는 딴 사람한테 해!"

36.

펠릭스는 집에 돌아와 가장 먼저 욕실로 가서 손을 씻었다. 그리고 젖은 손으로 머리칼을 쓸어 넘겼다. 지금 그에게 가장 필요 없는 것은 엄마의 무의미한 질문들이었다. 엄마는 땅콩 칩 봉지를 들고 텔레비전 앞에 앉아 뉴스를 보고 있었다.

"펠릭스, 왜 거기 문 앞에 서 있어? 이리 와! 너도 먹을래?"

엄마가 머리 위로 봉지를 들어 올렸다. 저녁마다 반복되는 빤한 일과였다. 펠릭스는 엄마의 말을 무시할 수 없었다.

"아니요."

엄마가 몸을 돌려 펠릭스를 보았다.

"별일 없지? 영화나 같이 볼까?"

"아직 학교 숙제 안 한 게 있어요."

펠릭스는 문을 닫고 위층 방으로 올라갔다. 갑자기 샤워를 하고 싶은 다급한 욕구가 생겼다. 별일 있었다. 별일 있고말고!

37.

타일에 생긴 균열이 지금까지 계속 나를 따라다닌다. 바닥이 원래보다 위로 약간 부풀어 오른 것 같다. 마치 거대한 주먹이 아래에서 타일을 밀어 올리다 포기한 것처럼 이 균열만 남아 있다. 직선이 아니라 아무 의미 없이 좌우로 들쑥날쑥한 지그재그다. 아주 좁았다가, 어디에선 조금 벌어지고, 다시 좁아진다. 몇 군데에선 끊어졌다가 다시 계속되면서 들쑥날쑥 이어진다. 균열이 더 벌어진 곳을 오래 바라보고 있으면 그 틈이 조금씩 넓어져 언젠가는 거대한 구멍이 되어 거기에서 '그것'이 기어 나올 것 같다는 생각마저 든다. 처음엔 털이 난 다리를 틈새 위로 올려놓고 버둥거리다가 침이 질질 흐르는 목구멍을 드러내고, 마침내 구역질 나는 몸뚱이 전체가 구멍 속에서 기어 나온다. 멈춰. 나는 균열에서 시선을 거두고 물이 쏟아지는 샤워기를 올려다본다. 호흡이 진정된다. 바닥 틈새에서 기어 나오는 괴물은 없다! 그건 나도 잘 안다.

38.

아침에 학교 운동장을 가로지르던 펠릭스는 그곳에서 벌어지는 모든 일이 마치 반투명 유리창을 통해 보는 것처럼 느껴졌다. 주위에서 뛰어다니거나, 시니컬한 척 서성거리거나, 흡연 구역으로 가고 있는 학생들 모두가 이상하도록 멀게만 보였다. 갑자기 두 종류의 삶이 있다는 느낌이 들었다. 다른 학생들의 삶과 그가 사는 삶. 이 두 삶은 점점 사이가 벌어지고 있었다.

학교 건물로 들어갔을 때 펠릭스는 오른쪽 복도에서 달마이어 선생님이 다가오는 걸 알아차리지 못했다. 동시에 계단에 도착한 두 사람은 나란히 걸어 올라갔다.

"펠릭스."

달마이어 선생님이 누구에게 말을 걸 때는 늘 목소리가 조금 엄숙하게 들렸다. 언뜻 듣기에는 그저 사실을 전하는 말투였지만 더 많은 의미가 담겨 있었다. 마치 이렇게 말하는 것 같았다. '너는 존재한다. 나는 네가 너의 감정과 사고를 가지고 존재한다는 걸 안다!' 상대에게 압박감 같은 걸 느끼게 하는 말투는 아니었다. 그러나 다른 한편으로 그는 누구에게 이유 없이 말을 걸어 '오늘 날씨 좋구나' 같은 빈말로 대화를 시작하지 않았다. 펠릭스는 자연스럽게 선생님과 걸음 속도를 맞췄다. 선생님은 계단 난간을 꽉 붙들고 한 걸음을 옮길 때마다 난간을 따라 몸을 끌어 올렸다.

"잘 지내니? 정신이 딴 데 가 있는 것 같아."

몸속에서 불안감이 올라오는 걸 느낀 펠릭스가 어깨를 들썩이며 말했다.

"정말요? 모르겠어요. 평소랑 같아요."

달마이어 선생님의 질문 덕에 펠릭스는 정신이 번쩍 들었다. 평범한 삶이 아직 자신과 이어져 있음을 깨달은 것이다. 동시에 펠릭스는 자신이 그런 질문을 받을 만한 얼굴로 다녔다는 것도 인식할 수 있었다. 좀 더 조심해야 했다.

"가방 들어 드릴까요?"

"됐어."

달마이어 선생님이 힘겹게 말했다. 펠릭스는 선생님의 얼굴에서 그가 늘 숨기려고 애쓰는 자기혐오를 발견했다.

"어떤 주제로 논문을 쓸지 정했니?"

선생님이 둔중한 다리를 끌어 다음 계단에 올려놓고는 말을 이었다.

"그걸 글로 풀어 쓸 각오는 됐고?"

펠릭스는 거기에 대해 아직 생각해 보지 않았지만 이렇게 말했다.

"네, 아마도요."

두 사람은 위층에 도착했고, 펠릭스는 선생님을 위해 교실 문을 열고 잠시 붙잡고 있다가 함께 안으로 들어갔다.

"네가 쓴 것 좀 보여 줄래?"

펠릭스가 자리에 앉는 순간 푸푸가 대뜸 물었다.

"뭘?"

"뭐긴, 시 말이야. 숙제였잖아."

펠릭스는 배낭에서 공책을 꺼냈다. 시를 쓰는 거였다고? 들은 적 없는 얘기였다. 수업이 시작되고 달마이어 선생님이 학생들에게 시를 낭독시키는 동안 펠릭스는 공책에 뭔가를 끼적거렸다. 아이들이 적어 온 작품을 낭독할수록 분위기가 풀어지면서 교실에 킥킥대는 소리와 폭소가 퍼져 나갔다. 마누가 손을 들고 발언권을 얻었다.

"두 사람이 자동차에 앉아 있다. 한 사람은 근시가 있고, 한 사람은 시각 장애가 있다. 한 사람은 트럭을 보지 못하고, 한 사람은 충돌 소리만 듣는다. 마지막에, 아주 마지막에 이르렀을 때, 두 사람은 죽고 더는 아무것도 기억하지 못한다."

반 전체가 또 웃었다.

"이제 너야, 빈스. 빨리 해!"

마리우스가 재촉하자 빈스가 손을 들었다.

"좋아, 정 그렇다면. 내 시는 이래. 두 사람이 해먹에 앉아 있다. 한 사람은 담배를 피우지 않고, 한 사람은 피우는 척만 한다. 얼마 후 율리아가 오자 한 사람이 그녀에게 춤을 청하고, 한 사람은 입도 벙긋하지 않는다. 마지막에, 아주 마지막에 이르렀을 때, 율리아는 두 사람에게 너희 바보냐는 제스처를 취한 뒤 혼자 집에 간다."

몇 명이 박수를 치자 페터가 속삭였다.

"야, 율리아가 누구야? 여기엔 율리아가 없잖아!"

"내가 춤추자고 했으면 아마 거절하지 않았을걸."

다른 누군가가 말했다.

"나는 키높이 신발 얘기만 했을 거야!"

푸푸가 웃음을 터뜨렸다. 달마이어 선생님은 잡담하는 학생들을 조용히 시킨 뒤 펠릭스에게 물었다.

"펠릭스, 너는 어때? 한번 낭독해 보겠니?"

펠릭스는 수업 내내 손으로 턱을 괸 채 반쯤 책상에 엎드려 있다가 그제야 몸을 일으켰다. 이 시의 원리는 이해하기 어렵지 않았다. 펠릭스는 헛기침을 하며 목을 가다듬었다.

"두 마리 맹수가 물고기를 쫓는다. 한 놈은 날카로운 발톱으로, 한 놈은 뾰족한 이빨로. 한 놈은 수풀 속에 웅크리고 있고, 한 놈은 어둠 속에서 살금살금 접근한다. 마지막에, 아주 마지막에 이르렀을 때, 모든 꿈이 산산조각 났다."

잠시 침묵이 흘렀고, 마누가 질문했다.

"누구 꿈이야? 호랑이? 아니면 물고기?"

39.

물속에서 숨을 쉰다. 수영장 가장자리에서 턴을 한 뒤 물속 깊숙이 들어간다. 바닥을 뚫고 내려가 대양까지 닿는다. 물 바깥이라면 그 어디에서도 찾을 수 없는 정적이 나를 감싼다. 내 팔과 다리가 천천히 지느러미로 변한다. 살짝만 휘저어도 앞으로 나아간다. 이 아래에서는 모든 게 완벽한 느낌이다. 기분이 좋다. 내가 그리워할 사람도 없고, 나를 찾아낼 사람도 없다.

"벤치야, 아니면 의자야?"

팔꿈치에 찔리는 바람에 펠릭스의 팔뚝에 찌르는 듯한 통증이 생겼다.

"뭐?"

펠릭스는 어안이 벙벙해 흡연 구역을 둘러보았다.

"야, 너 눈 뜨고 자냐? 지금 해먹 설치 계획을 짜고 있잖아!"

"그렇다고 그렇게 찌르면 안 되지, 이 멍청아!"

펠릭스는 팔을 문지르며 매몰찬 눈으로 마리우스를 째려보았다.

"그래서 어느 게 나아? 나무 벤치? 아니면 누구나 원하는 곳에 놓을 수 있는 의자?"

아이나르가 열심히 계획을 적으며 말을 이었다.

"세 명은 벤치, 세 명은 의자를 골랐어. 네 생각은 어때?"

물고기한테는 뭐가 됐든 상관없어.

"몰라. 의자로 하면 활용도가 높겠지."

"아, 그러면 단둘이 구석으로 가서 앉아 있을 수 있다 그거네!"

펠릭스는 팔을 내리고 양손으로 빈스의 재킷을 움켜쥐었다.

"언제 한번 낯짝을 갈겨 버릴 줄 알아, 이 개자식!"

푸푸와 하미드가 즉시 달려들어 펠릭스를 빈스로부터 떼어 놓았다.

"너 미쳤어? 진정해!"

빈스가 재킷을 매만지며 가지런히 했다.

"여기 입구에 팻말을 붙여야겠어. '평화 구역' 이라고."

40.

펠릭스가 집에 왔을 때 자동 응답기의 빨간 표시등이 깜박였다. 불안이 펠릭스를 덮쳤다. 괴물은 도움닫기도 하지 않고 스피커에서 튀어나와 펠릭스의 목덜미를 움켜쥐었다.

"꺼져!"

펠릭스는 소리를 지르고 계단을 뛰어 방으로 올라갔다. 문을 어찌나 세게 닫았는지 자잘한 회벽 가루가 문틀에서 바닥으로 떨어졌다. 적어도 지금 괴물은 그에게서 멀리 떨어져 있었다. 펠릭스는 창가로 가서 귓가에 들리는 요란한 심장 박동 소리가 잦아들기를 기다리며 바깥의 나무들을 셌다. 오른쪽에서 왼쪽으로, 왼쪽에서 오른쪽으로 세다가 다시 처음부터 시작했다. 아흔일곱 그루를 셌을 때야 마음이 진정되었다. 펠릭스의 시선이 자작나무에서 멈췄다. 동시에 마음속에서 지독한 허무함이 퍼져 나갔다. 정말 알바한테 가기 좋은 날일까? 오늘 벌써 너무 많은 일이 꼬였다. 펠릭스는 지치고 우울했다. 그렇다고 집에 있을 생각은 아니었다. 그는 재킷을 집어 들고 밖으로 나갔다. 아직 너무 이른 시간이라 알바가 집에 없는 건 아닐까? 펠릭스는 길을 따라 공원까지 내려간 뒤 풀밭 주위를 크게 한 바퀴 돌았다. 귀에서 낮게 쿵쿵거리는 소리가 울렸다. 주변을 두 바퀴 더 돈 펠릭스가 생각했다. 지금은 알바가 집에 왔을까? 그는 공원에서 나와 다시 주택가로 간 뒤 등굣길로 접어들었다. 그리고 하굣길에 알바와 헤어지는 길모퉁이에 멈춰 섰다. 펠릭스는 마음을 정하지 못하고 회전 교차로를 몇 번씩 건너며 서성였다. 그러다 알바가 꺾어 들어가곤 하는 골목 모퉁이에서 걸음을 멈췄다. 골목 안을 살짝 들여다본 펠릭스가 머뭇거렸다. 알바네 집이 몇 번지였지? 펠릭스는 어느 집 앞뜰에 둘러쳐진 낮은 담장에 앉아 재킷 주머니에서 담뱃잎을 꺼냈다. 담장 안쪽의 산울타리가 등을 찔러 불편했지만, 그래도 펠릭스는 담배를 한 개비 말았다.

"야, 펠리! 너 여기서 뭐 해?"

펠릭스가 깜짝 놀라 고개를 들었다. 유리가 자전거에서 훌쩍 뛰어내렸다. 앞바퀴가 펠릭스 바로 옆 담벼락을 들이받았다.

"아, 좀! 인간 친화적으로 자전거에서 내릴 순 없어?"

유리가 여전히 돌아가는 뒷바퀴를 바라보며 대답했다.

"좋은 질문이야. 하지만 내가 먼저 너를 발견했으니까 질문도 내가 먼저 할 수 있어."

펠릭스는 담배를 재킷 주머니에 넣었다.

"너 담배 피워?"

유리가 펠릭스 옆에 앉아 재킷 주머니를 들여다보려고 했다. 펠릭스는 한쪽 팔로 주머니를 가렸다.

"벌써 질문 두 개야!"

펠릭스의 말에 유리가 손가락 하나를 펴서 펠릭스의 뺨을 슬쩍 찔렀다.

"둘이 하나보다 낫지."

그가 말하며 웃었다. 펠릭스가 한쪽 볼을 부풀리자 유리가 한 번 더 검지로 찔렀고 볼이 팍 터졌다. 유리는 누가 간지럼이라도 태운 듯 낄낄거리며 웃었다. 펠릭스는 양 볼을 부풀렸다. 그러자 유리가 벌떡 일어나 양손으로 펠릭스의 볼을 찔렀다. 펠릭스는 어떻게든 유리를 진정시키고 싶었다.

"야, 유리. 내 물음에 대답 좀 할래?"

유리가 하던 짓을 멈추고 말했다.

"내 질문이 먼저야!"

"좋아, 그럼 물어봐."

"너 담배 피워?"

"아니, 그냥 말기만 하는 거야."

"그냥 말기만? 피우지는 않고?"

유리가 의아해했다.

"케이크를 굽고도 안 먹을 수 있잖아."

펠릭스가 설명하자 유리는 염려스러운 눈빛으로 생각에 잠기더니 이렇게 말했다.

"흡연은 바보짓이야. 하지만 케이크는 좋지. 넌 케이크 안 좋아해?"

"좋아해. 하지만 가끔만 먹어. 이젠 내가 물을 차례야. 넌 이 동네에서 뭐 해?"

"과외받으러 가야 해."

유리가 잠시 생각에 잠겼다가 펠릭스의 손을 잡았다.

"너도 가자!"

"유리, 난 과외 필요 없어!"

펠릭스가 소리치며 손을 뿌리치려 했다. 그러나 유리는 곰처럼 힘이 셌다. 펠릭스는 비틀거리며 알바가 사는 동네 쪽으로 유리를 뒤따라가는 수밖에 없었다.

"드디어 왔구나. 아까부터 걱정했어!"

갑자기 어디선가 알바의 목소리가 들렸다. 그 순간 유리가 펠릭스의 손을 놓더니 몇 미터 뒤로 달려가 자전거를 집어 타고 알바의 목소리가 들린 집으로 향했다. 그리고 태연하게 집 앞에 자전거를 세웠다. 펠릭스는 어디로 가야 할지 갈피를 잡지 못하고 모양이 망가진 종이배처럼 느릿느릿 길을 따라 걸었다. 그사이 유리는 현관 계단을 급히 뛰어올랐다. 알바가 외쳤다.

"펠릭스, 너도 들어와. 네가 와서 정말 좋다!"

알바는 대답도 듣지 않고 집으로 들어가 버렸다. 펠릭스는 쭈뼛거리며 알바의 목소리를 따라갔다. 계단을 올라 어둑어둑한 복도에 들어서

자 심장이 걷잡을 수 없이 두근거렸다. 알바의 목소리가 들렸다.

"들어와."

알바는 열린 방문 앞에 서서 펠릭스에게 들어오라는 손짓을 했다.

"난 네가 아픈 줄 알았어."

"아프다니, 무슨?"

펠릭스가 어리둥절해서 물으며 알바를 따라 거실로 들어갔다.

"벌써 5시가 다 됐으니 하루가 얼마 안 남았잖아. 오늘 학교에서 어디 안 좋은 사람처럼 너무 조용하고 멍하게 있기도 했고. 그렇지만 네가 지은 시는 훌륭했어."

알바가 웃으며 연녹색 음료를 유리잔에 따랐다.

"마실래?"

"맛있다!"

유리가 탁자 옆에 있는 자리에 앉아 외쳤다. 벌써 앞에 공책을 펴 놓은 채였다. 펠릭스는 곁눈질로 주변을 살펴보았다. 거실에는 벽난로와 피아노가 있었고, 창문 앞에 꽤 크고 낡은 붉은색 소파가 놓여 있었다. 펠릭스가 유리잔을 받아 들고 냄새를 맡자 유리와 알바가 키득거리기 시작했다. 뭔지 알아맞히라는 건가?

"오이 냄새가 나."

"또 다른 건?"

유리가 기대에 가득 차 물었다. 펠릭스는 음료를 한 모금 마셨다.

"물?"

유리가 손바닥으로 제 이마를 찰싹 쳤다.

"100점이야, 영리한 녀석! 그리고 또?"

펠릭스는 한 모금 더 마셨다. 이번에는 아까보다 조금 더 마셨다.

"레몬주스, 소금 한 꼬집, 후추 약간!"

유리와 알바가 놀라서 서로 쳐다보다가 곧 폭소를 터트렸다. 알바가 외쳤다.

"너 천재다! 시금치 이파리 다섯 장을 빼먹었지만 그건 맛으로 알아내기 힘들지. 인정해."

펠릭스는 조금 역겨워하는 표정으로 빈 유리잔을 바라보았다.

"시금치? 농담이지?"

유리가 연필로 절반쯤 남은 제 주스 잔을 두드리며 말했다.

"야, 뽀빠이, 기뻐해라. 알바는 세상 최고의 마법의 물약 제조자야!"

펠릭스가 미소 지었다. 갑자기 자신이 평범한 일상으로 완전히 돌아온 것 같았다. 심지어 기분이 좋기까지 했다.

"이제 유리 과외를……."

알바가 말을 꺼낸 순간, 정원 쪽으로 난 유리문으로 땀에 젖은 청년 하나가 들어왔다.

"얘들아, 안녕! 알바, 벌써 과외 학생이 두 명이나 돼?"

청년은 셔츠에 지저분한 손가락을 문질러 닦고 펠릭스에게 손을 내밀었다.

"안녕, 나는 율리우스라고 해."

"우리 오빠야. 대학에서 생물학을 공부하는데 지금은 방학이야. 정원
일 말고는 별로 쓸데가 없는 사람이야."

율리우스는 유리잔을 가져다가 주스를 따랐다.

"과외 안 하니? 나 좀 도와줄 수 있어? 아니면 집에 가야 해?"

펠릭스는 이 느닷없는 사태 전환에 완전히 어안이 벙벙했다.

"네, 도와드릴게요. 방금 왔어요."

41.

열쇠가 꽂혀 있다. 엄마는 집에 오면 열쇠를 자물쇠에 꽂아 둔다! 아, 이제
엄마를 소파에서 몰아내야 한다.

"펠릭스? 안녕! 잘 왔다. 지금 막 카르보나라 스파게티를 하는 중이야."

다행이었다. 아직 소파에 앉지 않아도 되니까! 엄마는 다시 주방으로
갔다.

"잠깐 샤워 좀 하고요."

"너무 오래 하지 마. 음식 곧 다 되니까."

뜨거운 물이 흐르면서 창문과 거울에 김이 서린다. 나는 뜨거운 물이 좋
다. 샤워기에서 나온 물이 처음에 목덜미와 어깨에 떨어지다가 이윽고 살갗
이 찌릿찌릿할 때까지 몸을 타고 흘러내린다. 두 손으로 천장 타일을 받치고
바닥을 내려다본다. 두 발 사이에서 물이 찰랑댄다. 기분 좋은 저녁이다! 율
리우스는 정말 쿨하고 알바만큼이나 착하다. 그렇게 투명한 사람들이 있다

니. 그 집에서는 아무것도 부담스럽지가 않다. 어떻게 그렇게 살 수 있을까? 몸이 욱신거린다. 정원 일이 고됐다. 그래도 다시 갈 거다. 헤어질 때 율리우스가 한 말이 자꾸 생각난다. "내일 또 오지?" 물론이다!

"펠릭스?"

뜨거운 김 사이로 엄마 목소리가 들린다.

"펠릭스, 여기 완전 사우나네. 아무것도 안 보여!"

엄마는 지금 나와 가까운 곳 어딘가에 있다.

"서둘러! 뭐 하는 거야?"

엄마 말이 맞다. 나는 물을 잠그고, 수건을 집어 들고, 창문을 활짝 열고, 빠르게 몸을 닦는다. 그리고 5분 뒤 주방 식탁에서 엄마와 마주 보고 앉는다.

"죄송해요, 엄마. 너무 지쳐서요."

"정말? 뭐 때문에? 오늘 훈련도 없었잖아."

엄마는 비꼬거나 몰아세우는 게 아니라 그저 궁금해서 묻는 거다. 잠깐 생각해 보니 내게 밝은 기운이 달라붙었다. 나는 곧 스파게티를 먹기 시작한다. 맛이 기가 막힌다! 엄마가 이런 걸 만들어 준 게 얼마 만이더라. 일단 엄마의 질문에 대답할 여유가 생길 때까지 씹고 또 씹는다.

"정원 일이요."

엄마도 입에 음식이 잔뜩 들었다. 엄마의 눈이 커졌다. 나는 엄마의 얼굴에서 물음표를 본다.

"알바 집에서요. 알바네 오빠가 하는 정원 일에 도움이 필요했어요.

같이 알프스식 돌 화단을 만들었어요. 연못도 있고, 물을 뿜어내는 물고기도 있는."

엄마가 웃기 시작하면서 눈가에 주름이 잡힌다.

"평지에 만드는 알프스식 돌 화단이라니, 아주 재미있네!"

"네, 멋있죠! 율리우스, 그러니까 알바네 오빠는 뮌헨에서 대학에 다니는데 산에 자주 간대요. 그런데 화단 물고기는 중국 스타일이에요."

"그럼 그 친구는 알프스 고원의 중국인이구나!"

우리 둘 다 스파게티를 두 그릇째 비우면서 배가 너무 불러 움직일 수가 없다. 나는 식탁 밑으로 두 다리를 뻗었다. 정말 오랜만에 기분이 좋다.

"꼬까울새가 우리 인간을 큰 동물로 착각한다는 거 아세요?"

엄마가 웃는다.

"걔들에 비해 우리가 몸집이 큰 건 사실이지! 내 개인적인 생각인데, 실제로 짐승처럼 행동하는 사람들도 적지 않고 말이야!"

엄마가 의미하는 게 방금 스파게티를 먹은 우리만이 아니라는 걸 나는 안다. 엄마의 아름다운 얼굴을 바라보고 있자니 문득 어린 시절이 떠오른다. 잠자리에 들기 전 내 침대에 함께 앉아 책을 보던 일. 나는 엄마의 무릎에 앉았고 엄마는 책을 읽어 주었다. 그 생각을 하면 따뜻한 파도가 내 몸속으로 흘러드는 것 같다.

"오늘은 어떠셨어요?"

내가 엄마에게 묻는다. 엄마는 생각할 일이 있으면 늘 오른쪽 천장을 올려다본다.

"괜찮았어. 코슬로스키 부인이라고, 우리더러 늘 베로니카 양이라고 부르라며 고집 피우는 92세 요양원 오페라 가수가 있거든. 그 사람이 점심때 오늘 자기가 파리행 열차표를 샀대. 약혼자가 기다리고 있고 곧 결혼식이 열린다는 거야."

베로니카 양 이야기는 몇 번 들은 적이 있다.

"그분 치매 아니에요?"

"맞아. 나는 어쩌면 그게 축복일 수도 있지 않을까 생각해. 결혼식 얘기를 들려줄 때면 환히 웃으며 젊었을 때처럼 행복해하거든."

"그럼 나머지 기억은 없어진 거예요? 전쟁이랑, 모든 게 전부?"

"모르겠어. 그게 이젠 아예 없어진 건지, 아니면 머릿속 어딘가에 이따금 나타나는지. 하지만 시간을 망각하면서도 행복해하는 모습을 보고 있으면 그게 축복이란 생각이 들어."

엄마가 말한다. 나는 왼발을 오른쪽 다리에 올려놓고 까닥거린다. 순식간에 전혀 상관없는 다른 얘기가 머릿속에 떠오른다.

"혹시 아빠의 경우도, 똑같다고 생각해요?"

엄마의 두 눈에 완전히 다른 빛이 돈다.

"그럼, 물론이지! 특히 염두에 두고 한 말이야. 두 번 다시 안 나타나잖아. 그 사람이 절대로 연락을 원치 않는다는 걸 엄만 영원히 이해하지 못할 거야. 심지어 너한테까지 그러다니!"

이런 걸 물어보기에 적절한 순간일까?

"그런데 이유가 뭐였어요? 아빠는 왜 떠난 거예요?"

엄마의 얼굴에서 글자 그대로 뭔가 딸깍 하고 닫히는 게 보인다. 엄마가 휙 일어나 접시를 개수대에 넣는다.

"이 얘기는 그만하자!"

엄마는 쿵쾅거리며 식기세척기에 포크와 나이프를 넣는다. 엄마가 아무 말도 하지 않을 거라는 건 예상할 수 있었다! 오늘 오후 알바네 집 정원에서 본 네모난 사람이 생각난다. 그늘에 앉아 있었는데 처음에 나는 그게 휠체어에 앉은 남자라는 걸 알아보지 못했다. 율리우스가 나를 그에게 데려가 말했다. "아빠, 펠릭스예요. 저를 도와주고 있어요." 남자가 내게 손을 내밀며 말했다. "와 줘서 반갑구나!" 그는 나를 알지 못하는데도 친절했다. 사라진 우리 아빠를 떠올릴 만한 어떤 기억을 알바네 아빠에게서 찾을 수 있을지 곰곰 생각해 본다. 하지만 아무것도 떠오르지 않는다.

"아빠는 어떤 게 최선인지 몰랐을 수도 있어요."

"허튼소리! 안타까워할 거 하나도 없어. 네 아빤 그저 무책임한 겁쟁이니까! 아들이 있는데도 전혀 관심이 없잖아!"

엄마의 반응이 쏜살같다. 지금 나는 엄마가 측은하게 여기는 것이 자기 자신인지, 아니면 내게 아빠가 없다는 사실인지 확실히 모른다. 이윽고 아빠 이야기가 나올 때마다 엄마가 항상 끝마무리로 하는 말이 나온다.

"그래도 네 아빠가 돈은 줬어."

아빠가 없다는 게 언제인가부터 내게 평범한 일이 되었다. 아마 아빠가 있었다면 분란만 일으켰을 것이다. 그걸 누가 알까.

"그리고 우리에겐 늘 할아버지가 있었잖아요!"

문득 떠오르는 게 있다. 방금까지 식탁에 놓여 있던 스파게티 접시에 대한 거다. 우리가 가지고 있는 모든 식기는 할아버지가 직접 물레에 돌리고 가마에서 구워낸 것들이다. 이렇게 예쁜 식기를 가지고 있는 사람은 아무도 없다.

"그래, 맞아!"

엄마가 인정한다.

"더 훌륭한 분은 없지. 참, 할아버지가 자동 응답기에 생일 초대 손님 목록을 다 작성했다는 메시지를 남기셨어. 나머지 계획은 반드시 우리가 짜야 해."

아, 그것도 해야 하는구나. 엄마는 조부모님이 생일 파티 준비에 신경 쓸 필요가 없게 하겠다고 결심했다. 파티 준비는 전적으로 엄마와 내 몫이다.

"내일 무트샤이트에 있는 '발트블리크의 집'에 전화해서 100세 생일 파티를 할 거라고, 손님 100명을 부를 자리가 있는지 물어보겠니? 6월 언제쯤 가능한지도."

"그럴게요."

엄마가 고개를 끄덕인다.

"좋아! 영화 볼래?"

"글쎄요. 너무 피곤해서요."

"그럼 쓰레기통 좀 밖에 내다 놓을래? 내일 수거차가 오거든."

그럼요, 그보다 반가운 게 없죠. 나는 지하실로 내려가 정원 길을 따라 쓰레기통을 굴린다. 그리고 앞쪽 길거리에 내다 놓으면, 처리 끝. 다시 집으로 들어가자 엄마가 또 이쪽으로 고개를 내민다.

"아 참, 코치님이 자동 응답기에 메시지 남겼더라. 전화해 달래. 가을 선수권 대회 대비 새 훈련 프로그램 얘기래."

42.

비틀거리며 방으로 올라간다. 갑자기 누가 가슴을 한 대 친 것 같다. 숨이 쉬어지지 않는다. 배가 이상하게 당긴다. 아주 잠깐 스치는 생각, 스파게티에 무슨 문제가 있었나? 그가 전화를 걸어 왔다. 나는 간신히 침대로 간다. 온몸이 떨린다. 괴물이 나를 꼼짝 못 하게 덮쳤다. 머릿속에 박힌 그의 발톱이 내 뇌를 짓이긴다. 심장이 터질 듯이 빠르게 뛴다. 무자비하게 두드려대는 북처럼. 동시에 주변의 침대보가 자꾸 줄어드는 것 같다. 숨을 쉴 수 없을 때까지 나를 옥죈다. 숨이 막혀 오면서 나는 불투명한 안개 속으로 빠져든다. 놈이 어떻게 접근했는지 나는 눈치채지 못했다. 그러나 나는 저항할 거다. 알바네 집 정원에서 보낸 오후의 기억에 매달리려 발버둥 쳐도 그 기억은 수천 개 파편으로 부서진다. 파편이 내 몸 구석구석 뚫고 들어와 과거의 나를 파괴하고, '안 돼'라고 말하지 못한 나를 파괴한다! 그 기억은 이제 내 것이 아니다. 나는 떨어진다. 점점 깊은 곳으로.

"펠릭스? 펠릭스!"

나는 깜짝 놀라 나락에서 깨어난다.

"왜요?"

"방금 자려는데 네 방에서 이상한 소리가 들리잖아. 네가 소리 지르는 것 같던데."

내 팔을 잡은 엄마의 손.

"세상에, 너 땀에 흠뻑 젖었어!"

나는 덮고 있는 이불을 걷어 낸다.

"죄다 젖었어. 얘, 대체 무슨 일이야? 어디 아파?"

나는 침대 가장자리에 앉아 고개를 젓는다.

"그냥 악몽이에요."

나는 티끌 크기로 줄어들었다. 조그맣게 뭉개졌다. 예전에 자전거에서 떨어져 무릎이 까졌을 때처럼. 모리츠가 제 수학 공책을 훔쳤다며 내게 죄를 뒤집어씌웠을 때처럼. 엄마 팔이 아주 가까이에 있다. 그 품에 파고들어 모든 것으로부터 몸을 숨기고 안전하게 있고 싶다. 그러나 몸이 마비된 느낌이다. 엄마가 내 겨드랑이를 부축해 조심스럽게 침대 가장자리에 앉은 나를 일으킨다.

"잠깐 샤워라도 해. 그동안 침대보 새로 갈아 놓을게."

원격 조종을 당한 것처럼 나는 욕실로 가서 물을 튼다. 뜨겁다. 물이 모든 것을 씻어 버린다. 거의 모든 것을. 갑자기 발밑의 바닥이 흔들리면서 틈새가 조금 벌어지려 한다. 털 달린 다리가 다시 접근해 나를 붙잡으려는 게 느껴진다. 나는 발을 구른다. 저리 가! 꺼지라고, 이 더러운 놈! 나는 '그것'이 숨어 있는 지점에 대고 두 발을 마구 구른다. 하지만 그것은 나를 비웃을 뿐이다. 나는 단숨에 뜨거운 물을 잠그고 찬물만 튼다. 잠깐 숨이 막혔지만 마음은 편안해진다. 괴물이 사라진다. 천천히. 방으로 돌아오니 엄마가 축축한 침대 시트를 당겨서 한데 모은다. 그러곤 늘 하던 대로 계단 아래로 던진다. 그리고 다시 돌아와 내 침대 가장자리에 앉아 걱정스러운 표정으로 나를 바라본다.

"정말 악몽뿐이야?"

나는 말없이 고개를 끄덕인다.

"너 혹시 무슨 약 같은 거 하는 건 아니지?"

아, 진짜! 나는 이불을 목까지 잡아당기고 벽 쪽으로 획 돌아눕는다.

"무슨 말이 그래요!"

엄마가 잠시 가만히 앉아 있다가 말한다.

"미안해. 잘 자!"

엄마가 지하실로 가는 소리가 들리는 순간 발작적인 울음이 나를 덮쳐 내 몸을 뒤흔든다. 모든 게 잘못되었고, 그래서는 안 되는 쪽으로 가고 있다. 나는 갈 곳을 잃은 채 무한한 바다에서 영원히 떠다니는 나뭇조각이다.

43.

눈을 뜨자마자 내 앞에 놓인 하루를 생각한다. 올라가야 하지만 넘을 수 없는 산처럼 느껴진다. 어디에서 힘을 얻어야 할지 몰라 침대에서 벗어나기가 어렵다. 마음 같아서는 모든 걸 차단하고 다시 잠들라고 머리에 명령하고 싶지만 이미 깼으니 어쩔 수 없다. 언젠가부터 몸은 오랜 세월 아침마다 해 오고 있는 일을 한다. 일어나 옷을 입고, 가방을 챙기고, 학교에 간다. 기계적으로. 예, 아니오를 말할 틈도 없이 모든 걸 자동으로 처리하는 엔진이 내 안에 있는 것처럼. 바깥에 나와 길거리에서 수거차를 기다리는 쓰레기통 옆을 지나갈 때 마음속에서 안도감이 퍼진다. 그 수영 가방처럼 모든 걸 쉽게 처리할 수 있다면 얼마나 좋을까! 하지만 벨러는 어떻게 처리하지? 우편으로 죽은 물고기를 보낼까? 그렇게 하면 내 뜻이 분명하게 전달될까?

44.

1교시는 체육이었다. 헬름라인 선생님은 학생들에게 몸풀기를 시키려고 우선 체육관을 세 바퀴 돌게 했다.

"왜 나는 우리 이란 모범생처럼 진단서도 못 받는 거야. 이러다 쓰러지겠어!"

빈스가 두 바퀴 돌고 나서 투덜댔다. 빈스를 추월하다 그 소리를 들은 푸푸가 웃었다.

"장담하는데, 앞으로 6주 동안만 담배 끊으면 우리보다 빨리 달릴 수 있을걸!"

그러고선 다시 속도를 내어 선두에 가서 달렸다.

"망할 놈."

빈스가 중얼거리고는 이를 악물며 말했다.

"똑똑한 하미드는 자동차 사고를 당한 지 벌써 2년이 지났고 뼈도 다 붙었잖아. 그런데 어째서 아직도 체육 때 쉬는 거야? 교장한테 뇌물을 준 게 틀림없어. 이란 사람들은 그렇게 하잖아."

"야, 그러지 마. 걔는 트라우마가 있잖아."

마리우스가 끙끙거리며 말했다.

"하, 트라우마! 웃기네."

빈스는 점점 더 숨을 헐떡였다.

"근데 여기를 도는 거랑, 맨날 가장자리에 앉아 구경만 하는 것 중에 뭐가 더 안 좋은 건지는 모르겠어. 그래도 오늘은 체육복 입고 왔네. 저쪽에서 팔굽혀펴기하는 거 봤어?"

마리우스의 말에 빈스가 빈정거렸다.

"대단하군. 결국엔 뽐낼 수 있는 몸까지 가지고 있고!"

그 옆을 추월한 펠릭스는 숨을 헐떡이면서도 계속 대화를 나누는 두 사람이 의아했다. 한편 보폭을 고르게 하니 달리기에 도움이 되었다. 펠릭스는 자신이 얼마나 운동을 하고 싶었는지 깨달았다. 자신이 정한 리듬을 근육이 잘 따라올 때 따뜻한 느낌이 들었다. 그러면서 속에서 뭔가가 성장해 몸을 곧게 펴는 것처럼 느껴졌다. 펠릭스는 트랙 결승선에 도착해 속도를 서서히 늦췄다. 그리고 다리를 풀며 반 바퀴 뒤의 빈스와 마리우스를 바라보았다. 두 사람은 꼴찌였다. 문득 펠릭스는 그 사실에 놀랐다. 마리우스는 운동을 못하는 애가 아니었다. 하키를 하지 않았던가? 혹시 빈스가 창피하지 않도록 배려하는 걸까? 어쨌든 그는 빈스의 그림자나 다름없는 존재였다.

선생님은 학생들에게 스트레칭을 시킨 뒤 농구로 넘어갔다.

"나는 일단 대기 선수야."

"물론이지, 빈스. 뭐 다른 걸 기대했어? 넌 골대에 닿으려면 사다리가 있어야 하잖아!"

헬름라인 선생님까지 모두 웃었다. 그래도 선생님은 이렇게 말했다.

"중요한 건 키만이 아니야!"

빈스가 두 팔을 들었다.

"걱정 마. 난 그런 걸로 안 죽어!"

마리우스가 빈스 옆에 앉아 그의 어깨를 두드리며 말했다.

"넌 진짜 불굴의 지옥견이야. 우린 이렇게 쉴 자격이 있어!"

펠릭스는 푸푸와 아이나르와 같은 팀이 되었다. 시작도 하기 전에 이미 경기의 승패가 결정된 것이나 마찬가지였다. 키가 큰 아이나르는 누구보다 많은 골을 넣었다. 클럽에서 농구를 하는 푸푸보다 더 넣었다.

"너 우리 클럽에 들어오지 않을래?"

푸푸가 이번에도 아이나르에게 물었지만 아이나르는 손사래를 쳤다. 스포츠로 성공할 기회가 있었지만, 그는 관심이 없었다. 어쩌면 그래서 펠릭스가 그를 좋아하는지도 몰랐다. 아이나르는 자신이 하고 싶은 것을 했다. 책만 들여다보며 기상천외한 일들에 관심을 가졌다.

문어도 그중 하나였다. 그렇지 않아도 문어는 그날 생물 시간의 주제였다. 스포츠 수업이 끝나고 쉬는 시간을 보낸 뒤 학생들은 다리가 여덟 개 달린 이 두족류에 관한 영화를 보았다.

"0.03초! 문어가 환경에 적응하는 데 걸리는 시간이야. 우리가 사물을 인식할 수조차 없는 속도라고!"

생물 수업이 끝난 쉬는 시간에 아이나르는 자신이 이 종에 얼마나 매료되었는지 열변을 토했다.

"크로마토포르라는 색소 세포를 이용해 피부 색깔을 바꾸는 걸 보면 믿기지가 않아! 몸의 반쪽으로는 암컷을 유혹하고 나머지 반쪽으로는 적에게 도망가라는 신호를 보내. 천재라니까!"

"멋있다! 재교육받고 문어가 돼 봐. 그럼 너를 옥토푸시라고 불러 줄게. 어때?"

문어엔 파리똥만큼도 관심이 없는 빈스가 빈정대자 마리우스가 폭소를 터뜨리며 말했다.

"그럼 다른 문어들이 너한테 뭘 가르쳐 주겠다고 좋아할 거야!"

알바는 두 사람을 그냥 무시했다.

"너는 단어를 참 잘 기억한다! 크로마토…… 뭐라고?"

아이나르가 씩 웃었다.

"크로마토포르. 색채 변화를 담당하는 기관이야."

"맞다, 그거였어."

45.

그 문어 영화는 항상 매복해 있다 나를 습격하는 괴물을 떠올리게 했다. 내가 무엇을 하고 있든, 괴물은 불시에 기어 나온다. 그렇다, 기어 나온다. 보통 처음엔 전혀 알아차릴 수 없다. 조금 지치거나 기분이 울적할 때, 그때 괴물이 나타나 자꾸 내 자리를 침범한다. 누군가 칠칠치 못하게 유리잔을 넘어뜨려서 생긴 식탁보의 어두운 물 얼룩처럼. 얼룩은 더 이상 퍼질 곳이 없을 때까지 크기를 키워 간다. 이따금 내 마음속에서 퍼지는 검은 안개에는 한계가 없다. 내 것이 하나도 남지 않을 때까지, 내가 오직 '그것'으로만 이루어질 때까지 나를 가득 채운다. 바닷속 어느 구멍에서 느닷없이 미끄러져 나오는 문어 같다. 그렇다. 내가 바다라면 그것은 쏜살같이 물속을 질주하며 검은 구름을 내뿜어 적을 교란시키는 문어다. 그것은 도망치지 않고 여덟 개의 팔로 내 목을 조르며 숨통을 끊는다. 그것은 내 마음속 구석 어딘가에 있는 구멍에서 기어 나와 모든 용기와 자신감, 아주 작은 희망의 불씨마저 눌러 죽이고 내 삶의 불꽃을 꺼 버린다. 나는 저항할 수 없이 몸이 굳어 더는 움직이지 못하고 그것에게 속수무책으로 내맡겨진다. 몇 시간 동안, 밤새도록. 그러다 괴물이 돌연 사라진다. 이유는 모르겠다. 나는 10킬로미터 달리기를 한 것처럼 피곤해진다. 하지만 자랑스럽기는커녕 파괴되어 있을 뿐이다.

46.

수업이 끝난 뒤 펠릭스는 알바를 기다리지 않고 곧장 집으로 갔다. 계획이 하나 있었기 때문이다. 엄마가 집에 없는 동안 엄마 이름으로 이메일을 보내는 것이었다. 그는 이 계획이 먹혀들기를 바랐다. '제 아들 펠릭스가 앞으로 훈련에 참가하지 않는다는 것을 알려 드립니다! 학교 공부로 할 일이 많아 수영할 시간이 없습니다.' 이런 식으로 쓰면 된다.

아니면 이렇게 적는 거다. '아들이 무릎을 다쳐서 수술을 해야 합니다. 무기한으로 훈련에 참여하지 못하게 됐습니다. 여름 수영대회에도 참가하지 못합니다.' 뭐가 됐든 일단 써야 했다. 미룰 수 없는 급한 일이 생겼단 인상을 주고 이 문제에 대해 더 왈가왈부할 수 없다는 걸 분명히 전달해야 한다. 그래서 코치가 입을 다물고 두 번 다시 전화할 생각을 못 하도록 해야 한다. 그런데 어떤 말로 시작해야 할까?

"친애하는 벨러 씨……."

펠릭스가 더듬거리며 입 밖으로 내뱉어 보았다. 말도 안 돼!

"존경하는……."

이것도 아니다! 호칭 없이 쓰는 게 제일 낫다. 엄마라면 그런 자질구레한 일에 시간을 낭비하지 않을 거다.

펠릭스는 목련 길로 꺾어 들었다. 도로변에 다시 집 안으로 들어가기만을 기다리는 쓰레기통들이 드문드문 놓여 있는 게 보였다. 순간 그는 몸이 얼어붙었다. 회색 쓰레기통 옆에 수영 가방이 놓여 있었다. 어느 얼빠진 바보가 저걸 쓰레기통에서 다시 꺼냈을까? 빌어먹을 쓰레기 수거차는 일 좀 제대로 못 하나? 펠릭스는 집 앞의 쓰레기통 두 개를 굴려서 지하실로 가지고 갔다. 그리고 다시 거리로 나와 수영 가방을 집어 들고 현관에 던졌다. 다른 곳에서 처리해야 한다. 다른 곳으로 가져가야 한다. 먼 곳으로. 속에서 번지는 분노가 그의 목을 조였다. 펠릭스는 레인지에 수프를 올려놓고 방으로 올라가 배낭을 구석에 던진 뒤 다시 아래로 내려왔다. 수영 가방을 어디로 가져가지? 호수에 빠뜨릴까?

그러려면 무거워야 한다. 가장 좋은 곳은 다시는 나타나지 않는다는 게 보장된 장소다. 펠릭스는 문 앞의 수영 가방을 집어 들고 다시 밖으로 달려 나갔다. 제라늄 길에 다다랐을 때, 멀리 트램 정류장에서 엄마가 오고 있는 게 보였다. 아, 안 돼. 아직은 때가 아니었다.

"펠릭스!"

엄마가 부르며 손을 흔들었다.

"저 갈 데가 있어요!"

펠릭스는 뒤를 보고 소리친 뒤 버스 정류장으로 갔다. 그리고 때마침 도착한 버스에 올라탔다. 몇 정류장이 지나 신도시의 스카이라인이 지평선에 나타났을 때, 갑자기 펠릭스의 머릿속에 한 가지 방법이 떠올랐다. 그는 평소엔 늘 지나치기만 했던 고층 아파트 주거지의 쇼핑센터에서 내려 탐색하듯 주변을 둘러보았다.

47.

여기서 내린 게 정말 잘한 일일까? 전에 엄마와 함께 쇼핑센터에 와 본 적은 있지만 그 외에는 이 동네에 대해 아는 것이 하나도 없다. 건물들이 고층이라 꼭 뉴욕에 온 것 같다. 여기에 사람을 습격하는 갱단 같은 게 없었으면 좋겠다. 머릿수건을 쓴 여자들이 왜 이렇게 많이 돌아다니는지! 우리 동네에선 한 명도 본 적이 없는데. 아이들이 길거리에서 축구를 하는 것도 낯설다. 많은 사람들이 그냥 햇볕을 쬐며 벤치에 앉아 있다. 모두 할 일이 없는 걸까? 저기 사람들이 줄 서 있는 건 뭐지? 뭘 공짜로 주는 걸까, 아니면 뭣 때문에 줄을 서 있지? 식료품을 나눠주다니, 어이가 없네. 저 사람들 중 한 명에게 수영 가방을 줘 버릴까? 아니, 말도 안 돼. 얼마나 이상하게 생각하겠어. 그 전에, 여기에 내 말을 알아듣는 사람이 있기나 할까? 왠지 사람들이 모두 외국인처럼 생겼다. 저쪽 노란색 건물이 있는 방향으로 가는 게 좋겠어. 주차장 옆에 대형 폐기물 하치장이 있는 것 같다. 잘됐어! 그런데 잠깐. 여기선 사방에서 내 모습이 다 보이잖아. 나중에 누가 나보고 왜 여기에 물건을 갖다 놓았느냐고 물어볼 거다. 그러니 그것도 곤란해. 어디 구석진 곳이 분명히 있을 텐데! 내가 이곳을 돌아다닌 적이 없어서 그런지 모두들 나를 주시하는 느낌이다. 차라리 저기 모퉁이를 돌아 아파트 단지 반대편을 살펴보는 게 나을 것 같다. 하지만 그쪽엔 인도 중간에 기다란 화단뿐이다. 좋아, 조금만 더 가 보자! 나중에 돌아오는 길은 다시 찾을 수 있겠지! 저기 간판에 뭐라고 적힌 거지? '신도시 스포츠센터.' 여기에도 그런 게 있다고? 나는 한 번 더 오른쪽으로 꺾어 들어간다. 대박. 저기 구석에 또 쓰레기장이 있네. 부서진 침대 받침대, 더러운 냉장고, 낡은 소파 쿠션과 잡동사니들. 아무리 둘러보아도 사람은 없다. 이거야! 나는 한 번 더 주변을 둘러본 뒤 쓰레기들 중간에 수영 가방을 내려놓는다. 됐다! 이제 달아나야지.

48.

"펠릭스?"

전혀 예상치 못한 목소리가 그의 두 어깨뼈 사이 한가운데를 파고들었다. 펠릭스가 몸을 돌렸다.

"하미드? 너 여기서 뭐 해?"

방금 뭔가를 내려놓는 걸 쟤가 봤을까?

"나 여기 살아."

"여기 신도시에?"

펠릭스는 자신이 아는 사람이 여기에 산다는 게 왠지 비현실적으로 느껴졌다. 둘은 최소 4년 동안은 같은 반이었는데도 그 사실을 전혀 몰랐다. 두 사람은 말없이 마주 서서 서로를 유심히 관찰했다. 하미드는 어떤 비밀을 가지고 있을까? 먼저 다시 입을 연 건 하미드였다.

"너는 여기서 뭐 해?"

펠릭스는 바닥에 보이는 작은 돌을 걷어찼다.

"음, 몰라."

"모른다고? 그냥 여기 산책하는 거야?"

하미드는 지겹도록 끈질겼다.

"맞아, 아냐. 뭐래. 쇼핑센터에 가려다 길을 잃었어."

펠릭스는 하미드가 이 대답을 그럴싸하게 여겨 주면 좋겠다고 생각했다.

"그건 저쪽에 있어. 정확히 반대 방향이야. 못 보고 지나칠 수가 없는 건데."

하미드는 늘 맞는 말만 했다. 펠릭스는 이 상황에서 벗어날 방법을 필사적으로 생각했다.

"그럼 넌 여기 어디에 살아?"

이제 공은 하미드에게 넘어갔다.

"저쪽."

하미드는 파란색으로 칠해진 20층짜리 건물을 가리켰다.

"대박! 몇 층?"

"17층."

펠릭스는 고개를 뒤로 젖히고 올려다보았다.

"저 위에서 살면 어지럽지 않아?"

하미드가 웃었다.

"전망이 끝내줘."

또다시 침묵.

"한번 볼래?"

사실 펠릭스는 그냥 이곳을 떠나고 싶었지만, 조금쯤 호의를 보이는 것도 좋을 것 같았다. 하미드가 여기 고층 아파트 단지에 산다는 말을 하지 않은 데는 분명히 이유가 있을 것이었다. 게다가 펠릭스는 아직도 신경 쓰이는 근처의 쓰레기 더미에서 벗어나고 싶었다.

두 사람은 아이들이 색분필로 바닥에 그림을 그리고 있는 작은 광장을 지나 고층 아파트 입구에 다다랐다. 펠릭스는 출입문 옆에 붙은 아흔다섯 개의 초인종 명패를 보고 넋을 잃었다. 그 수많은 이름들을 조금 더 들여다보고 싶었지만 하미드가 벌써 열쇠로 문을 열었다. 엘리베이터를 기다리는 동안 건물 복도를 둘러보던 펠릭스는 하미드가 자신의 모든 반응을 관찰하면서도 가능한 한 무심한 듯 보이려고 애쓴다는 느낌을 받았다. 건물 벽에는 심각한 내용의 낙서들이 적혀 있었고, 입구 옆 유리 상자 안에는 혹시 모를 파괴자들의 접근으로부터 보호해야 한다는 듯 깔끔하게 인쇄한 메시지들이 걸려 있었다. '입주민 여러분께. 올바른 쓰레기 분리배출에 유의해 주시기 바랍니다! 관리인은 입주민의 뒤치다 꺼리를 하는 사람이 아닙니다!' 펠릭스의 엄마가 할 법한 말이었다.

엘리베이터가 도착했고 두 사람은 그걸 타고 17층으로 올라갔다. 펠릭스는 하미드가 내내 손에 들고 있는 작은 봉지에 눈길이 갔다.

"쇼핑하고 오던 길이야?"

하미드는 펠릭스 코앞에 봉지를 내밀었다. '매자 열매'라고 쓰여 있었다.

"엄마가 요리할 때 필요해서."

펠릭스는 봉지에 들어 있는 붉은색의 말린 열매를 살펴보았다. 펠릭스가 사는 '꽃동네'에도 매자나무 길이 있지만 매자나무가 무엇인지 여태 몰랐다. 17층에 도착한 뒤 펠릭스의 눈에 가장 먼저 띈 것은 아파트 문 앞에 놓인 신발이었다.

"나도 신발 벗어야 해?"

하미드가 고개를 저었다.

"그럴 필요 없어."

아파트에 들어가자마자 하미드의 엄마가 부엌에서 고개를 내밀고 물었다.

"샀니?"

하미드가 봉지를 건넸다.

"얘는 우리 반 펠릭스예요."

하미드의 엄마가 복도로 나와 펠릭스에게 손을 내밀었다.

"멋진 친구를 데려왔구나! 정말 멋져!"

"엄마! 그냥 경치 구경하러 온 거예요."

하미드가 눈을 부라리며 펠릭스의 팔을 다른 쪽으로 잡아끌었다. 둘은 복도를 따라 오른쪽으로 갔다. 펠릭스는 하미드의 엄마가 뒤에서 중얼거리는 소리를 들었다.

"경치 때문에. 그리고 우정 때문에. 좋아, 아주 좋아!"

49.

"우아, 믿을 수가 없네. 전망 죽인다! 저기 좀 봐, 마지막 건물 뒤에 들판이 있어. 그리고 저기에선 트램이 달리고."

펠릭스는 발코니 난간에 팔을 기댄 채 눈앞에 보이는 광경에 완전히 넋을 놓았다.

"별거 아냐."

하미드가 어깨를 들썩이며 펠릭스의 감탄에 토를 달았다.

"별거 아니라고? 여기에서 시내에 있는 대성당까지 보이는데! 넌 네가 얼마나 운이 좋은지 알아?"

하미드는 발코니 의자에 가서 앉았다.

"글쎄, 계속 보다 보면 그렇게 특별하지도 않아. 그리고 이곳은 여전히 신도시잖아."

펠릭스는 조금 부끄러웠다. 그는 사람들이 이곳에 대해 어떻게 생각하는지 잘 알고 있었다. 외국인, 쓰레기, 위험한 포장길.

"부모님이 이란에서 독일로 왔을 때 여기에서 형편에 맞는 집을 발견했어. 당시만 해도 여기는 전부 새 건물이었대. 부모님은 아마 너처럼 전망에도 혹했을지 몰라. 테헤란까지는 안 보이더라도."

"가 본 적 있어?"

하미드는 고개를 저었다.

"가 보고는 싶어. 그런데 부모님이 정치 활동을 해서 거리 시위에 참여하셨어. 이제는 더 이상 돌아갈 생각이 없으셔. 너무 위험하고 어쩌면 체포될 수도 있대. 그래서 나도 갈 수 있을지 모르겠어."

펠릭스는 먼 곳을 바라보았다. 황혼이 찾아오면서 하늘이 서서히 붉게 물드는 게 보였다. 수많은 건물들, 창문들, 그 아래에 보이는 사람들, 바삐 움직이며 집으로 또는 쇼핑하러 가는 사람들, 같은 건물에서 층만 다른 곳에서 사는 사람들. 펠릭스는 이 동네에서라면 결코 혼자가 아니겠다는 느낌이 들었다. 괴물이 이곳에 산다면 과연 지하 감옥에서 빠져나올 수 있을까? 펠릭스는 휴대폰을 들여다보는 하미드 쪽으로 몸을 돌렸다. 이제 이 동네에서 어떻게 벗어나야 할지 아까보다 더 자신이 없어졌다.

"그럼 오후에는 뭐 해? 매자 열매 사는 것 말고."

"너 잘 놀리네!"

하미드가 일어서더니 고민하며 펠릭스를 바라보았다.

"정말 알고 싶어? 그럼 입은 다물어야 돼, 알았지?"

둘은 다시 복도를 지나 하미드의 방으로 갔다. 책장이 가득하고 벽에 축구 포스터가 붙어 있는 상당히 큰 방이었다. 방 안엔 여러 종류의 북과 펠릭스가 처음 보는 악기들이 반원 형태로 정렬되어 있었다.

"앉아!"

하미드가 빈 의자 하나를 가리키며 악기 앞 스툴에 앉았다. 그러고는 숟가락처럼 펼쳐져 있는 갸름한 막대기 두 개를 손에 쥐고 헛기침을 한 뒤 현을 두드리기 시작했다. 통통 튀면서도 이따금 구슬프게 들리는 금속성이 방 안을 가득 채웠다.

50.

저기에 앉아 있는 모습 좀 봐! 두 눈을 감고 완전히 몰입해 있군. 악보도 보지 않네. 음악이 그냥 얘한테서 흘러나와. 하미드, 진짜 너의 이런 모습은 생각지도 못했다. 왜 우리한테 이야기하지 않았어? 난 이름도 모르긴 하지만 이 악기는 분명히 이 동네만큼 평판이 나쁘진 않을 거야! 네가 할 줄 아는 모든 것들을 진작 말해 줄 수도 있었잖아. 네 책들을 보니 네가 어째서 늘 그렇게 똑똑한 말들을 하는지 이제 알겠어. 하지만 음악만큼은 정말 뭔가 독특해. 아름답게 들려. 왜 멈추지? 아하, 옆에 있는 북을 치려는 거구나. 거대한 탬버린처럼 생겼네. 저런 걸 앞에 두고 연주할 수 있다는 건 미처 몰랐어. 가장자리를 달가닥달가닥 두드리는 네 손가락이 꼭 작은 동물들처럼 보여.

51.

문이 열리더니 하미드의 엄마가 노래를 부르며 들어왔다. 그러고는 펠릭스가 모르는 언어로 노래하며 제자리에서 껑충껑충 뛰다가 맴을 돌았다. 하미드가 이마를 찌푸리며 허벅지에서 북을 내려놓았다.

"아니, 왜! 연주 계속해! 드디어 친구가 생겼구나! 우리 둘이 함께 노래를 불러 주자."

하미드의 엄마가 소리쳤다.

"엄마!"

하미드는 거기에 해결책이 기다리고 있다는 듯이 방 반대쪽 구석을 바라보았다. 그러곤 다시 엄마 쪽으로 홱 몸을 돌렸다.

"나가세요!"

문이 다시 닫혔다. 하미드는 무덤덤하게 한동안 연주를 계속한 뒤 북 중앙을 한 번 치고 끝냈다. 그리고 잠시 바닥을 내려다보았다.

"미안해, 엄마가 진짜 창피할 때가 있어."

그는 북을 치우고 다른 악기를 잡았다. 펠릭스에겐 조금이나마 바이 올린이나 기타를 떠올리게 하는 악기였지만 몸통이 훨씬 작은 데다가 더 둥글둥글했고 목은 무척 가늘었다. 악기의 배에 해당하는 아래쪽에는 지지대 역할을 하는 금속 핀이 달려 있었다. 하미드는 그걸 무릎에 올려 놓고는 활을 쥐고 4개의 현을 켰다. 사막에 부는 바람처럼 어둡고 건조한 소리가 펠릭스에게는 무척 낯설게 느껴졌다. 고음에서는 끼익 소리가 나면서 귀가 아팠다. 펠릭스는 얼굴을 찡그리지 않으려고 애썼다. 엄청나게 집중한 상태에서도 조금 멍해 보이는 하미드의 얼굴이 다시 한번 놀라웠다. 하미드는 연주를 마친 뒤 현악기를 받침대에 올려놓고 펠릭스 쪽을 보았다. 하지만 시선이 애매하게 그쪽에 멈춰 있었을 뿐 펠릭스의 얼굴을 정면으로 보지는 않았다. 연주회가 끝난 건가, 아닌가?

"멋있다."

펠릭스가 생각해 낸 유일한 칭찬이었다.

"페르시아 음악이야."

"넌 어떻게 그렇게 많은 악기를 다룰 줄 알아?"

"부모님이 음악을 하셔서 다 가르쳐 주셨어. 피아노도 배우고 싶은데 그건 돈이 너무 많이 들어."

"왜 우리한테는 한 번도 들려주지 않았어?"

하미드는 그제야 펠릭스의 얼굴을 바라보았다.

"그런 민망한 감상평은 정말 사양할게! 그러니까 내 말은, 그런 말 하지 말라고."

"그럼 축구는? 축구는 해?"

"이젠 안 해. 1년 반 전에 사고를 당한 뒤로는 할 수가 없어. 경기장에 들어가기만 하면 그때 그 자동차처럼 누가 나를 쓰러뜨릴까 봐 겁이 나."

그때 누가 방문을 두드렸다. 하미드의 아빠가 들어와 펠릭스에게 손을 내밀어 악수하며 말했다.

"잘 왔다! 음식이 다 준비됐는데 우리와 함께 식사하면 좋겠구나! '제레슈크 폴로 바 모르그'를 만들었단다. 서둘러. 안 그럼 식어."

그는 두 사람을 모으는 듯이 다시 팔을 뻗었다.

"금방 갈게요."

하미드가 분명하게 대답하자 아빠는 고개를 끄덕이고 나갔다.

"너 아직 시간 있어? 너무 부담스러울 거라는 거 아는데, 제레슈크 폴로 바 모르그를 안 먹어 보면 후회할 거야."

"그게 뭔데?"

"매자 열매로 만든 닭 다리 덮밥."

"아, 그래서 네가 쇼핑하러 갔었구나!"

하미드가 씩 웃었다.

"그런데 넌 왜 수영 가방을 쓰레기장에 놔둔 거야?"

역시나! 하미드가 봤다. 그리고 지금 지나가는 말로, 기습적으로 물었다. 펠릭스는 두 손으로 하미드를 밀쳤다.

"이 구역질 나는 놈! 너랑은 상관없는 일이야!"

방에서 뛰쳐나간 펠릭스는 하마터면 향긋한 저녁 음식을 거실로 옮기던 하미드의 엄마를 넘어뜨릴 뻔했다. 그는 거칠게 문을 열고 곧장 아파트 복도로 나왔다. 이제 무엇을 해야 좋을지 몰랐다. 엘리베이터 버튼을 누르고 기다리는데 또 누가 훼방을 놓는 느낌이 들었다. 여기엔 계단실이 없나? 전부 똑같이 생긴 나무 문이다. 아, 저기에 유리문이 있다! 펠릭스가 문을 열자 계단실이 나타났다. 그는 한 번에 두 계단씩 뛰어 내려갔다. 혹시 이게 끝나지 않는 계단인 건 아닐까?

52.

아무리 몰래 기어들어 가도 엄마는 거실 소파에 앉아 다 듣고 있다.

"펠릭스, 늦었구나. 훈련이 또 길어졌니?"

빌어먹을 그놈의 훈련.

"곧 내려가요. 옷 좀 걸어 두고요."

최소한 그런 척이라도 해야 한다.

"자동 응답기 좀 살펴봐. 고장이 났어. 할머니가 방금 내 휴대폰으로 전화하셨어. 응답기가 먹통이라고."

빌어먹을 기계가 드디어 끝장났다. 진짜다!

"네, 내일 할게요. 안녕히 주무세요."

헤드폰을 끼고 침대에 몸을 던진다. 핀란드 밴드가 내 머릿속에서 맴도는 모든 것을 쓸어버린다. 페르시아 음악! 그 덜떨어진 하미드 자식, 엿 먹어라! 그냥 닥치고 있을 수는 없었나? 음악이 내 목구멍에 걸려 있는 울음까지 녹인다. 사실 하미드한테는 전혀 문제가 없다. 쓰레기처럼 퇴장한 건 나지! 걔는 지금 나를 어떻게 생각할까? 이젠 그 어디에도 얼굴을 내밀고 다니지 못하겠지! 이불을 덮으려는데 이불 주름 사이로 휴대폰이 보인다. 액정 표면이 물속 깊은 곳으로 사람을 끌어당기려는 검은 호수처럼 반짝인다. 꺼져! 나는 그 징그러운 물건이 보이지 않도록 발로 차서 방바닥으로 떨어뜨린다. 넌 영원히 거기에 있어!

53.

"펠릭스?"

엄마가 내 방문을 두드린다.

"일어나!"

일어날 수가 없다.

다시 조용해진다. 엄마가 아침을 준비하러 부엌에 간 거다. 그런데 다시 온다.

"펠릭스, 깼니? 벌써 7시 20분이야."

몸을 꼼짝할 수가 없다.

엄마가 안달하며 다시 문을 두드린다. 나는 끙 하는 소리만 낸다. 그게 내가 할 수 있는 유일한 행동이다. 엄마가 나를 가만히 내버려 두지 않을 거라는 걸 안다. 엄마는 벌써 옷을 다 갖춰 입었고 아침 식탁에 앉고 싶은 거다. 그냥 그렇게 하면 되는 걸, 엄마는 다시 내 방문을 두드리고 결국 해서는 안 될 행동을 한다. 방문이 열렸다. 겨우 한 뼘이지만 엄마의 목소리가 거침없이 들어오기에는 충분하다.

"펠릭스, 이제 그만 일어나!"

엄마의 눈이 순식간에 내 방을 스캔하고 있다는 건 굳이 쳐다보지 않아도 알 수 있다. 여기서 뭘 찾을 수 있을 거라고 생각하는 걸까? 빈 위스키병이나 꽁초가 넘쳐나는 재떨이? 엄마는 내가 재미는 없어도 욕심이 많은 수영 선수라는 것, 아니 수영 선수 '였다는' 것을 안다! 엄마의 얼굴은 작고, 근심이 서려 있고, 무엇보다 신경이 곤두서 있다. 내 방을 들여다보는 게 곤혹스러운 우리 엄마는 지금 요양원에 교대 근무를 하러 가기 전에 아침을 먹으려 하고 있다.

"펠릭스!"

"2교시부터 시작이에요."

"아, 그래?"

엄마 목소리에서 단번에 긴장이 사라졌다.

"그런 건 바로 말해야지."

엄마는 조심스럽게 내 방문을 닫는다.

54.

펠릭스는 10시 30분쯤 일어나 오전의 정적에 귀 기울였다. 주중 이 시간대에는 집에 있었던 적이 없었다. 낯설었다. 거대한 물고기가 그를 엉뚱한 시간, 엉뚱한 장소에 뱉어 놓고 바다 가장자리에 두고 간 것 같았다. 다른 학생들은 독일어 수업을 듣고 있을 지금, 펠릭스는 수천 킬로미터 떨어진 곳에 있는 느낌이었다. 자신이 더는 그들 무리에 속하지 않는다는 건 오래전부터 알고 있었다. 어제 하미드의 집에서 나올 때가 다시 생각났다. 학교에서 하미드를 만나면 어떻게 될까? 그러나 그 전에 가장 먼저 떠오른 생각은 어떻게 기운을 차리고 자리에서 일어나 샤워할 것인가였다. 그런데 때가 되니 몸이 저절로 움직였다.

물이 몸을 타고 흘러내리는 동안 그는 눈앞에서 연주하던 하미드를 떠올리며 자신은 수영 말고 어디에 관심이 있는지 생각했다. 음악? 그렇다면 악기는 어떤 것을 연주하고 싶을까? 어쩌면 타악기? 그거라면 아마 장작을 팰 때처럼 사정없이 내리치면 될 거다. 그 외에 또 뭐가 있을까? 무트샤이트의 조부모님 집도 있었다. 어릴 땐 항상 할아버지에게 물레로 도자기 만드는 법을 배우고 싶었다. 할아버지가 스위치를 돌리면 원판이 회전하면서 점토가 두 손에 몸을 맡겼다. 할아버지는 점토를 손가락으로 가볍게 눌러 만들고 싶은 모양대로 만들었다. 말할 수 없이 매혹적인 장면이었다.

펠릭스는 물을 잠그고 목욕 수건으로 몸을 감쌌다. 그래, 그림! 그림이 있었다. 그는 그림을 좋아했고 웬만큼 재능도 있었다. 다행스러운 일이었다. 옷을 입고 다시 방으로 온 펠릭스는 종이를 한 장 꺼내 하미드의 집 발코니에서 본 경치를 스케치했다. 알바에게 보여 주고 싶었다. 아니면 선물을 하든가. 알바를 생각하자 보고 싶고 이야기 나누고 싶다는 큰 욕망이 들었다. 알바의 미소가 그리웠고 그 미소가 주던 위로를

받고 싶었다. 이제라도 학교를 가야 할까? 서두른다면 3교시 전 쉬는
시간까지는 갈 수 있었다.

55.

프로펠러 같네. 텅 빈 학교 운동장에 혼자 나와 있는 유리를 보면서
펠릭스가 생각했다. 아직 쉬는 시간이 시작되지 않았는데 유리가 운동
장 한가운데에 서서 두 팔을 쭉 편 채 계속 맴을 돌고 있었다. 펠릭스가
다가가며 보니 유리는 평소처럼 웃거나 혼자 중얼거리는 게 아니라 억
지로 눈물을 참고 있었다. 펠릭스가 거의 옆에 다다르자 유리가 바닥에
쓰러져 통곡을 하기 시작했다.

"야, 유리. 왜 그래?"

유리는 무릎을 꿇고 두 팔 사이에 머리를 파묻었다. 펠릭스가 유리의
어깨를 가볍게 만졌다.

"방금 우주 비행사가 하늘에서 떨어진 것 같던데."

펠릭스가 말하자 유리가 더 큰 소리로 울었다. 펠릭스는 주위를 둘러
보았다. 왜 하필 자신이 유리를 도와주어야 하나? 알바는 어디에 있을
까? 그는 유리 옆에 양반다리를 하고 앉았다.

"최초의 우주 생명체가 개였다는 거 알아? 가가린이 최초로 우주 캡
슐을 타고 지구 궤도를 돌기 전에 말이야."

유리가 머리를 홱 쳐들고 눈물범벅이 된 얼굴로 펠릭스를 쳐다보았다.

"그럼 가가린은 어떤 생명체였어?"

"러시아 사람. 유리 가가린이라고, 지구를 위에서 내려다본 최초의 인간이야."

"유리?"

"응, 이름이 유리였어."

유리가 주먹으로 땅바닥을 쳤다.

"거봐!"

"뭘?"

"유리라는 이름을 가진 사람은 뭐든 할 수 있어."

"그래, 맞아. 근데 뭐가 문젠데?"

유리도 양반다리를 하고 앉더니 두툼한 손바닥으로 눈물을 훔쳤다.

"애들이 나를 연극에 안 끼워 주려 해!"

"아하, 내가 보기엔 그냥 네가 학년을 착각한 것 같아. 연극은 우리 학년부터만 할 수 있어."

유리가 제 다리를 때렸다.

"착각하지 않았어. 나도 연극 할 거야!"

그 순간 쉬는 시간을 알리는 종소리가 날카롭게 울렸다.

"알았어, 알았어. 어떻게 하면 될지 한번 생각해 볼게. 어쩌면 디미가 예외로 해 줄지 몰라. 됐지?"

유리가 주먹을 쥐고 펠릭스에게 내밀며 이 일에 쐐기를 박았다. 펠릭스도 똑같은 몸짓으로 대답했다. 둘이 계속 바닥에 앉아 있는 동안 건

물에서 학생들이 몰려나왔다. 유리는 아이들이 가까이 오는 걸 보고는 양손으로 바닥을 짚고 몸을 일으켰다.

"너 오늘 오후에 또 알바네 집에 과외받으러 가니?"

"내가? 과외가 필요한 건 너지!"

"언제든 이용할 수 있잖아."

"과외?"

"아니, 알바!"

56.

"우리는 네가 남태평양에 간 줄 알았어!"

"혹시 아프니?"

"휴대폰은 왜 안 받아?"

펠릭스는 뜻밖에 해먹 팀과 마주쳤다. 아이들은 흡연 구역으로 가는 길에 펠릭스를 발견하고 에워쌌다. 알바만 없었다.

"하미드도 오늘 안 나왔어."

"우리는 너희 둘이 멋진 오전을 보냈을 거라 생각했어. 함께 손을 잡고 해변을 거닐거나 뭐 그런 거. 혹시 우리가 모르는 뭔가가 있을지도!"

마리우스는 자신의 말이 무척 재치 있다고 여기며 가장 크게 웃었지만, 펠릭스는 아무 반응도 하지 않았다. 하지만 속으로는 깜짝 놀랐다. 하미드는 왜 학교에 오지 않았을까? 펠릭스에게 화가 났을까? 펠릭스 때문에 곤란한 일을 당하기라도 한 걸까? 짜증이 났다.

"펠릭스! 뭐라고 말을 해 봐! 곧 12시야! 너 어디에 있었어?"

빈스가 그의 손을 잡고 끌어당겼다.

"늦잠 잤어."

"와우, 와우, 와우, 그런 일은 생전 없었는데. 훈련을 너무 많이 했거나 뭐 그런 거?"

마리우스가 계속 깐죽거렸다.

"훈련?"

펠릭스는 인내심의 한계를 느꼈다.

"어이, 말해 봐. 네가 누군지 기억나?"

해먹 팀은 다시 걷기 시작했다. 펠릭스가 중얼거렸다.

"아마 그럴걸."

아이들이 다른 학생들 틈으로 밀고 나아가면서 펠릭스는 푸푸 옆으로 가게 되었다. 푸푸가 옆에서 조용히 물었다.

"야, 괜찮아?"

펠릭스는 어깨를 들썩이고 고개를 끄덕였다.

"경찰 놀이는 언제 할까? 네 폰에 내가 보낸 문자만 서른 통 정도는 될걸!"

"배터리가 나갔어."

"토요일? 아니면 일요일?"

"좋아."

"뭐가?"

"둘 다 좋아."

흡연 구역에 도착하자 아이나르가 바지 주머니에서 종이쪽지를 꺼내 구겨진 곳을 폈다.

"자, 여러분. 이게 우리의 해먹 구역 계획서입니다."

"구역이란 말은 빼도 괜찮아. '해먹'으로 충분해."

푸푸가 끼어들었다.

"그래도 아직은 교내의 한 구역이잖아."

아이나르는 말이 끊겨 기분 나쁜 티를 냈다.

"야, 사람들이 그걸 이해하지 못할 정도로 바보는 아니야. 전에 흡연 구역이었다고 해서 지금 해먹 구역으로 부를 필요는 없어. 그냥 해먹, 그거면 돼."

빈스가 아이나르의 어깨를 가볍게 두드렸다.

"누구나 다 알잖아. 어울려 지내는 곳이라는 거."

아이나르가 눈을 굴렸다.

"좋아, 너희가 원한다면. 어쨌든 우리한테 필요한 것들 목록과 비용이 대충 얼마일지 여기에 적어 봤어."

아이나르가 펠릭스에게 종이를 건넸다.

"마지막에 여기가 어떤 모습이 될지 멋지게 그려 줄 수 있어?"

빈스가 이번엔 펠릭스의 어깨를 두드리며 비위를 맞췄다.

"네 그림 솜씨가 끝내준다는 말을 어떻게 해서 듣게 됐어! 우리의 미화 계획을 교장 선생님한테 제출해야 하거든!"

"그러니까 의자와 꽃 같은 걸 넣어서 흡연 구역의 최종적인 모습을 그려 달라는 말이지?"

"바로 그거야. 교장 선생님이 첫 순간부터 우리의 아이디어에 반하도록! 이 프로젝트는 실행에 옮겨져야 해. 한 치의 의심도 없어!"

"내 생각에는 앞으로 교내에 조금이라도 흡연 구역처럼 보이는 곳이 없어진다면 교장 선생님이 무척 기뻐하실 거야."

마리우스가 웃으며 빈스의 말을 받았다.

"어이쿠, 마리우스가 생각이란 걸 하다니! 이거야말로 최신 뉴스네!"

빈스가 마리우스를 놀렸다. 그리고 말을 붙였다.

"근데 이건 마리우스 말이 맞아. 자, 그럼 펠릭스, 그려 줄 거지?"

펠릭스는 계속 종이를 들여다보았다. 그리고 고개를 끄덕였다.

57.

인생은 모든 게 완전히 정상인 척한다. 그러나 남들은 내가 나 자신을 외외계인처럼 느낀다는 걸 모른다. 보이지 않는 지휘관이 계속 내 목덜미에 앉아 요구한다. '그냥 계속해! 네가 남들과 다르다는 걸 아무도 모르니까.' 그냥 울 수 있는 유리가 부럽다. 끊임없이 불시에 나를 찾아오는 이 괴물을 누구에게 이야기해야 할까?

58.

"속도 3단으로 뒤뚱뒤뚱 걷기!"

아, 붉은 올리가 또 무슨 꿍꿍이속일까? 뒤뚱뒤뚱은 원래 느린 속도로만 가능했다.

"녹색 양말 신은 사람 모두 9단으로! 나머지는 제자리에서 점프하기."

푸푸 혼자 9단이었다. 푸푸는 늘 저렇게 얼토당토않은 양말을 신었다!

"젤리처럼 몸풀기!"

빈스는 긴장한 것 같았다. 그 순간 몸풀기가 벌써 다음 순서로 넘어갔다.

"먼 곳 보기!"

펠릭스는 한 손으로 눈 위에 우산을 만들어 혹시 하미드가 나타나지 않는지 살폈다. 그를 생각할 때마다 배가 아픈 것 같았다. 펠릭스는 다시 음악에 빠져 있던 하미드를 떠올렸다. 친절하게 저녁 식사를 대접하려던 하미드. 그런 그를 펠릭스는 그냥 내버려 두고 왔다. 그러게 왜 가방 얘기를 꺼내냐고! 사실 펠릭스에게는 하미드가 지금 여기에 없는 게 나았다. 그런데 알바는 어디에 있을까? 오늘 펠릭스는 어디에서도 알바를 보지 못했다.

"바람에 흔들리는 풀 줄기!"

펠릭스는 꼭 알바와 이야기를 해야 했다. 유리 때문이기도 하고 다른 이유도 있었다. 펠릭스가 앉은 자리에서 고개를 빼고 있는데 갑자기 문에서 알바가 허겁지겁 나타났다. 그러곤 올리의 눈을 피해 강당 안으로 재빨리 들어왔다.

"빨리 감기!"

아이들은 저마다 움직이며 초고속으로 실내를 사방팔방 돌아다녔다.

"얼음!"

누가 일시 정지 스위치라도 누른 듯 모두 그 자리에 멈춰 서서 꼼짝도 하지 않았다. 펠릭스는 특히 이 자세가 좋았다. 움직이다가 얼어붙은 것처럼 서 있고, 이따금 한쪽 다리를 들고 균형을 잡아야 하고, 두 팔이 공중에서 엇갈려 멈춰 있는 자세.

"모양 만들기!"

학생들은 꼼짝도 하지 않던 자세를 풀고 쏜살같이 한데 모여 원을 만들지, 한 줄로 설지, 아니면 다른 형태를 만들지 즉시 결정해야 했다.

갑자기 알바가 펠릭스 옆에 나타나 그의 허리를 감쌌고 둘은 다른 아이들과 함께 쐐기 모양을 만들었다. 펠릭스는 배에서 올라오는 짜릿한 감각을 무시하려 애썼다. 알바가 속삭였다.

"너 드디어 왔네. 오늘 오후에 시간 있니?"

그때 디미가 나타났다. 올리가 세 번 손뼉을 쳤고 몸풀기는 끝났다.

"물론이지."

펠릭스가 역시 속삭여 대답한 순간 발음 연습을 이어 가려는 디미 주위로 학생들이 모두 모였다.

"프, 트, 크, 프, 트, 크."

디미가 소리를 내며 양팔을 번갈아 휘두르는 권투 동작을 했다.

59.

틀림없다! 나는 나를 집어삼키려는 시간의 바다에서 헤엄친다. 내가 어떤 계획을 세우면 하미드 같은 애가 끼어들면서 일이 또 틀어진다. 그러나 알바가 내게 묻는다면 다 잘될 수도 있을 것 같다. 알바의 예쁜 웃음이 내 마음 한구석에 자리를 잡고 다시는 떠나지 않는다. 솔직히 나는 그 애 곁에 있는 것 말고는 더 바라는 것이 없다. 오늘 알바는 평소보다 더 환하게 빛난다. 진짜로 행복해 보인다. 나랑 정반대다. 나한테 뭐가 궁금한 걸까? 나는 살아남으려 발버둥 치는 하찮은 녀석일 뿐인데. 알바가 내 진짜 모습을 안다면 아마 아무것도 묻지 않으려 할 거다.

60.

"재난 경보!"

디미는 다른 연습으로 넘어갔다. 주어진 단어를 각각 다른 음량으로 명확하게 발음하는 연습이었다. 디미의 지시에 맞추어 학생들은 속삭임부터 절규까지 다양한 소리를 냈다.

"괴물 거미!"

펠릭스는 마누가 두 손으로 얼굴을 가리는 것을 보았다. 마누는 이

단어를 절대로 입에 올리고 싶어 하지 않았다. 아이들이 모두 소리를 질러댈 때 마누도 날카로운 비명을 하나 더 얹었다. 디미는 학생들을 둥그렇게 세웠다. 아이들은 각자 양옆에 있는 사람에게 어깨동무를 했다.

"우리 사냥하러 갈까?"

"네!"

"괴물 거미 사냥 가자!"

"우리는 두렵지 않다!"

디미가 좁은 원 바깥으로 나오자 그게 모두 팔을 공중으로 뻗으라는 신호가 되었다.

"우리에겐 칼이 있으니까."

"총이 있으니까!"

학생들은 이제 다른 팔도 공중으로 뻗었다. 모두가 게임의 규칙을 속속들이 알고 있었고, 자신의 두려움과 맞서 싸우는 야생의 사냥꾼 집단으로 변신하는 것을 좋아했다.

디미가 장면 전환으로 게임을 이어 갔다.

"앗, 저게 뭐지?"

"숲!"

"저 위로는 못 가."

"저 아래론 못 가."

"통과해야 해."

펠릭스는 다른 아이들과 마찬가지로 자리를 바꿔 원의 반대편으로 살금살금 다가갔다. 마치 어둡고 바스락거리는 소리가 나는 숲에서 크고 작은 나뭇가지들을 밟는 것 같았다.

"툭, 탁, 툭, 탁, 툭, 탁……."

바지 주머니에 칼을 넣은 건 꽤 좋은 아이디어였다는 생각이 펠릭스의 머리를 스쳤다.

"성공!"

이렇게 괴물 거미 사냥은 늪과 호수를 지나 그 역겨운 짐승이 사는 동굴까지 처음부터 다시 시작되었다.

"저기로 들어가야 해!"

동굴이 어두워 모두 실눈을 뜨고 서로 몸을 더듬었다.

"부드러워."

"따뜻해!"

"야, 마리우스, 앞발 치워!"

펠릭스는 눈을 감고 있을 수가 없었다. 너무 가까이에서 밀고 밀리는 몸들이 끔찍하게 불쾌했다.

"털투성이야."

"아아, 괴물 거미!"

"여기서 나가자!"

모두 흩어져 강당을 한 바퀴 돌고 다시 빽빽하게 원을 그리며 모여들었다. 그러곤 젤리처럼 팔다리를 흐물흐물 흔들고 다시 바닥에 앉았다.

"지금 기분이 어때? 강해졌어, 아니면 약해졌어?"

"강해졌어요!"

"엄청 강해요."

"끝내줘요."

61.

끝내준다. 끝내주게 엿 같은 기분이다! 나를 만지면 안 된다. 아무도! 불쑥 뒤에서. 난데없이. '그것'이 또 왔다. 나를 가만히 내버려 두지 않는다. 학교에서조차 나는 그것으로부터 안전하지 않다. 구역질 나는 녹색 점액처럼 그것은 바닥에서 기어 나와 나를 쫓아다니다 꼼짝 못 하게 바닥에 묶어 놓는다. 제발 저리 가. 꺼지라고!

62.

"펠릭스, 괜찮아? 잠깐 더 누워 있을래? 아니면 갈까?"

펠릭스는 눈을 떴다. 알바가 옆에서 쪼그리고 앉아 있었다. 알바의 긴 머리가 커튼처럼 눈앞에 드리워져 있었다. 그 베일 뒤에 숨고 싶었다. 자신을 가만히 두지 않는 괴물로부터 몸을 숨기고 싶었다. 폭포수 같은 그 머리카락 아래는 분명히 부드럽고 향기로울 터였다. 그곳은 펠릭스가 상처를 치유할 수 있는 조용한 은신처였다.

"펠릭스?"

그는 아래팔로 몸을 지탱하고 알바를 바라보았다.

"갈까?"

알바는 환상적인 특유의 미소를 지었다.

"잠들었었어? 나는 지금 당장 가도 괜찮지만, 너는 일단 집에 들러야 하지 않아? 훈련 없어?"

펠릭스는 고개를 흔들고 몸을 일으켰다.

"잘됐다. 그럼 바로 우리 집으로 가자."

알바가 손을 내밀었고 펠릭스는 그 손을 잡고 일어났다.

"다들 벌써 갔어?"

펠릭스는 텅 빈 강당을 둘러보았다. 마지막으로 남아 있던 디미가 문 앞에서 두 사람에게 손을 흔들었다.

"안녕, 다음 주에 보자. 그리고 알바, 너는 나중에 유리 문제로 나랑 얘기 좀 해."

펠릭스는 조금 혼란스러웠다. 수업이 끝난 것도 모르고 있었다는 게 내심 놀라웠다. 유리는 어떻게 된 걸까? 연극에 끼고 싶다는 얘기를 알바에게도 한 걸까? 알바가 디미에게 직접 그 문제를 얘기한 것 같았다. 정작 펠릭스는 그 문제를 잊고 있었다. 아니면 유리에겐 어차피 참여 기회가 없다고 생각했을지도 모른다. **난 형편없는 친구로구나.** 이렇게 생각한 펠릭스는 또다시 의기소침해졌다. 반면에 기분 좋은 알바는 태양처럼 눈부시게 빛났다.

"유리도 연극에 참여할 기회가 있을지 몰라. 어쨌든 디미가 그 문제에 대해 생각해 보는 걸 완전히 꺼리지는 않았어. 잘된 거 아냐? 어쩌면 거울이란 주제를 유리랑 함께 하고 싶어 하는 사람이 있을 거야. 너는 뭐 생각해 둔 거 있어?"

맙소사. 알바는 펠릭스가 하루 종일 그런 자질구레한 일에 대해서만 생각한다고 믿는 걸까?

"아니, 아무 계획도. 너는?"

알바는 묘한 미소를 지었다.

"아직 생각 중이야. 하지만 몇 가지 아이디어는 있어."

"그래서 그렇게 기분이 좋은 거야?"

알바가 놀란 표정으로 펠릭스를 바라보았다.

"그런 거 아니야! 그래도 오늘은 특별한 날이야. 드디어 '그것'이 왔거든. 너한테 가장 먼저 보여 줄게."

"'그것'이라니?"

63.

정말 이상하지? 알바가 괴물과 한 이불을 덮고 자나? 모두 나를 없애려고 힘을 합쳤나? 나는 대체 누구를 믿을 수 있지? 무엇이 정상이고 무엇이 정상이 아닌지 더는 모르겠다. 차라리 알바를 그냥 두고 도망쳐 나왔어야 했나? 하지만 나는 알바 옆에 있고 싶다. 세상은 왜 이토록 끔찍하게 복잡한 걸까!

64.

"펠릭스, 그렇게 무서운 얼굴 하지 마! 나쁜 일 아니야. 너한테 소개해 줄 누군가가 있어서 난 너무 신나. 그저께 도착해서 벌써 이곳에 적응했어. 그리고 사과와 사탕을 좋아해! 이것만 말해 둘게."

펠릭스는 소심하게 웃었다. 한결 마음이 놓였다.

"좋아. 미안해. 그렇다면 나도 궁금하다."

평소엔 늘 헤어져 돌아와야 했던 길모퉁이를 함께 걷고 있으니 기분이 완전히 새로웠다. 펠릭스는 마음속 깊은 곳 어딘가에서 기쁨이 되살아나는 것을 느꼈다. 학교가 끝난 후에도 혼자가 아니라는 게 얼마나 좋은지 몰랐다.

"우선 먹을 것부터 만들자!"

알바가 바지 주머니에서 집 열쇠를 꺼낸 뒤 현관 계단을 휙 뛰어올랐다.

"들어와, 이미 잘 아는 곳이잖아."

알바는 배낭을 벗어 복도에 던지고 부엌으로 갔다.

"뭐 먹을래? 렌즈콩이랑 채소? 아니면 감자 캐서롤? 둘 다 있어. 오이 주스 또 마실래?"

펠릭스는 부엌 입구에 서서 알바가 냉장고에서 갖가지 식기를 꺼내는 모습을 바라보았다.

"누구 소개해 준다더니."

알바가 웃었다.

"여기서는 아니야. 일단 뭐 좀 먹은 다음에 그곳으로 갈 거야."

펠릭스는 아직도 이 상황을 이해할 수 없었다. 그럴 수밖에 없지 않은가? 대체 뭐가 어떻게 되어 가는 건지 감이 잡히지 않았다.

"아빠가 벌써 식사를 하셔서 감자 캐서롤이 많이 남진 않았어. 그래도 1인분은 충분해."

펠릭스는 어떻게 해야 좋을지 몰랐다.

"너희 아빠가 집에 계셔? 그럼 율리우스는 어디 있어? 혹시 내가 뭐라도 도울까?"

알바는 감자 캐서롤과 채소를 곁들인 렌즈콩을 오븐에 넣었다.

"그냥 앉아 있어. 내가 알아서 할게. 아빠는 아마 방에서 쉬거나 일하고 계실 거야."

알바가 펠릭스를 보며 씩 웃었다.

"아직도 휠체어에 앉아 계시니?"

펠릭스는 알바의 아빠 방까지 들리지 않도록 목소리를 낮췄다.

"아빠는 우리가 아주 어렸을 적에 사고를 당하셨어. 그때부터 휠체어 생활을 하셔. 아빠한테는 가혹한 일이었지. 직업이 고고학자라 사고 전에는 고대 문화 유적을 발굴하러 전 세계를 무척 많이 다니셨거든! 그것도 끝이 났고, 그 후 아빠는 오랫동안 일자리를 찾지 못했어. 하지만 나는 정말 잘됐다고 생각했어! 아빠가 항상 집에 계셨고, 더욱이 우리가 외출했을 때 걷는 게 싫증 나면 아빠 무릎에 앉아 함께 휠체어를 타고 다닐 수 있었으니까."

알바가 웃기 시작했다.

"1학년 때 선생님이 장래 희망을 물었을 때 내가 뭐라고 했는지 알아?"

"고고학자?"

"아니, 휠체어 이용자!"

펠릭스가 싱긋 웃었다. 알바는 그에게 접시 두 개와 포크, 나이프를 건넸다.

"그게 아빠한테 얼마나 심각한 일이었는지는 훨씬 나중에 알았어. 수술 과정과 치료만 문제였던 게 아니야. 아빠는 본인의 부주의 때문에 사고가 난 걸 오랫동안 받아들이지 못했어. 아마 자신이 반쪽짜리 인간이고 쓸모없는 사람이라고 느끼셨을 거야. 하지만 절대로 심리 상담을 받으려 하지 않았어. 모든 걸 혼자 이겨낼 거라고 생각하셨지. 엄마가 그렇게 고집을 피우지 않았다면 무슨 일이 일어났을지 몰라. 언젠가 엄마가 이러셨거든. '당신이 상담받지 않으면 이혼하겠어!'"

"그래서 아빠는 상담을 받기 시작하셨어?"

"응. 그다음부터 무슨 문제가 있는 사람만 만나면 그게 얼마나 도움이 됐는지 얘기해!"

"그럼 너희 엄마는?"

"엄마도 이따금 같이 심리 상담에 가셨어."

"아니, 내 말은, 엄마가 무슨 일을 하시느냐고."

"아, 엄마는 라디오 프로를 만들어. 스포츠나 정치 프로그램. 대부분의 시간을 방송국에서 보내셔."

"그럼 여기서 음식은 누가 만들어?"

"내가."

알바가 두꺼운 부엌 장갑을 끼고 오븐에서 그릇을 꺼냈다.

"자, 시작하자. 접시를 식탁에 올려놔. 이제 먹자!"

65.

알바는 정말 대단해. 그 귀찮은 부엌일을 쉽게 해치우고 거기다 쾌활하기까지 하다니. 여기서 알바와 함께 식사를 하니 정말 아늑하고 좋다. 우리는 전에 유리가 과외받을 때 앉았던 식탁에 다시 앉아 있다. 햇빛이 들어오는 이 거실에. 이 식탁에는 적어도 여섯 명은 앉을 수 있다. 우리 집에서 주방에 앉아 있는 사람은 엄마와 나 둘뿐이다. 햇빛은 들어오지 않는다. 알바를 보면 이 집에 많은 사람이 살고 있다는 걸 금방 알 수 있다. 무질서한 부분에서마저도. 하지만 사실 그건 무질서가 아니다. 몇 가지 물건이 여기저기 놓여 있을 뿐이다. 신문, 스웨터, 목발. 우리 엄마는 이런 걸 좋아하지 않을 거다. 적어도 거실에서만큼은. 내 방은 엄마의 관심 밖이다. 아빠와 함께 사는 삶은 어떤 것일까? 휠체어에 앉아 있다고 해도 어쨌든 아빠가 있다는 것. 그래도 지금은 알바의 아빠가 방에서 나오지 않았으면 좋겠다. 알바와 단둘이 있는 게 좋다. 음식은 조금 특이하지만 맛있다. 알바의 머리가 꿀이 흐르는 폭포수처럼 어깨에 걸쳐 있다. 어떻게 늘 미소 지을 수 있는 걸까? 알바는 내게 무엇을 보여 주려는 걸까? 아니, 누구를 보여 주려는 걸까?

66.

"그런데 너희 오빠는 어디 있어? 벌써 뮌헨으로 돌아갔어?"

알바는 고개를 저었다.

"시내에서 약속이 있어. 아마 저녁까지 있을 거야. 대학교 문제인가 그래. 이번 주 내내 이곳에서 지낼 텐데 네가 와서 정원 일을 도와주면 좋아할 거야. 게다가 너한테 물어볼 것도 있대. 수영 얘기라는데."

"무슨?"

그 순간 심장이 두근거리면서 피부가 불편해지는 느낌이 들었다. 펠릭스는 율리우스와 수영에 대한 이야기를 한 적이 없었다.

"지난번 네가 우리 집에 왔을 때 율리우스가 나한테 물었어. 네가 더 자주 올 수 있느냐고. 거의 날마다 훈련하러 가야 하니까 시간이 많지 않을 거라고 내가 그랬거든."

그 순간 펠릭스는 렌즈콩 사이에 들어 있는 뭔가 딱딱한 것을 씹고 접시에 뱉었다. 알바가 벌떡 일어나더니 종이 냅킨을 가져와 조금 비위 상한 표정으로 펠릭스에게 건넸다.

"미안해. 콩 사이에 무슨 이상한 게 있어서. 정말 미안해."

펠릭스는 이렇게 말하고 물을 한 모금 마셨다. 그는 뱉어 놓은 음식을 냅킨으로 덮고 조심스럽게 알바를 건너다보았다. 알바는 아무렇지 않게 계속 먹었다.

"신경 쓰지 마. 난 단련됐어. 우리 오빠는 정말 골칫거리야. 밥 먹을 때 내 접시에 남아 있는 고기 조각을 먹겠다고 무슨 끈적끈적한 벌레 얘기를 하면서 몇 년 동안이나 나를 골려 먹으려고 했거든."

"그래서 오빠가 네 고기를 먹었어?"

"무슨 소리야! 난 그냥 다른 생각을 하면서 하나도 안 남기고 다 먹었지."

알바가 웃으며 말하고는 짓궂은 표정으로 고개를 들었다.

"오늘은 그럴 일이 없을 거야! 율리우스가 채식주의자가 됐거든. 디저트 먹을래?"

펠릭스는 포크로 마지막 남은 채소를 먹었다.

"렌즈콩 푸딩만 아니면."

알바는 냅킨으로 입을 닦고 또 웃었다.

"걱정 마. 우리는 렌즈콩을 자주 먹지 않아. 하지만 푸딩도 렌즈콩으로 만들 수 있을지 시도는 해 봐야겠어. 그땐 네가 시식해 주는 거야!"

알바는 부엌으로 가서 귤커드와 초콜릿케이크가 담긴 그릇을 가지고 왔다.

"율리우스도 전에 그 수영 클럽에 다녔었어. 벌써 10년도 넘은 일이야. 그때 무슨 불쾌한 일이 있은 후로 그만뒀대."

"무슨?"

"모르겠어. 그때 난 겨우 네 살이었고 지나가는 말로만 들었거든. 물론 부모님은 화가 많이 나셨지. 그건 아직도 기억나."

67.

그 빌어먹을 수영장! 왜 나를 가만히 두지 않는 걸까! 알바네 부모님이 화가 난 건 당연해. 내가 수영을 안 하겠다고 했을 때 엄마가 화를 낸 것처럼. 부모님들은 다 그래. 그래서 이야기 나눌 수 없어. 부모님은 항상 최선을 바라지만 무엇이 최선인지는 몰라. 율리우스도 괴물을 알고 있는지 궁금하다. 괴물은 또 계속 내 주위를 맴돌면서 수많은 팔을 내게 뻗어 온다. 무자비하게 내 목을 조르려 한다. 알바의 미소가 괴물을 다시 몰아낸다. 알바가 항상 내 곁에 있을 수는 없을까?

68.

펠릭스가 식기 세척기에 접시를 다 넣었을 때 알바의 아빠가 나타났다. 그는 휠체어를 타고 조용히 다가왔다.

"안녕, 펠릭스. 다시 만나서 반갑구나. 너희가 부엌에 있어서 묻는 말인데, '테르모폴리움'이 뭔지 아니?"

"아빠!"

알바가 눈을 부라렸다.

"아니, 왜? 방금 폼페이에서 그게 발굴되었다니까."

"그런데요?"

"뭐가 '그런데요'야? 사람들은 항상 맥도날드가 20세기의 발명이라고 생각하지만 패스트푸드는 이미 고대 로마에도 있었어. 그땐 분명 햄 버거나 감자튀김보다 더 맛있는 음식이 있었을 거야."

"아, 그래요?"

펠릭스는 알바와 아빠 사이에서 벌어진 이 작은 싸움을 보고 깜짝 놀랐다. 이렇게 신랄한 말다툼은 여태 본 적이 없었다.

"로마인들의 패스트푸드점에서는 뭘 팔았나요?"

펠릭스가 물었다. 알바의 아빠가 알바에게 의기양양한 눈빛을 보냈다.

"거봐. 적어도 고고학에 흥미가 있는 친구잖아!"

"펠릭스는 그런 얘기를 날마다 들을 필요가 없는 애니까요!"

휠체어에 탄 아빠는 딸의 항변을 무시했다.

"그러니까 렌즈콩 요리, 콩에 야채를 넣은 것, 병아리콩 죽, 완두콩 수프가 있었어. 어디 그뿐인가. 닭고기 라구와 뜨거운 물을 섞은 포도 주도 있었지."

"그걸 다 어떻게 아세요? 그 음식들도 함께 발굴되었나요?"

알바는 팔짱을 끼고 부엌 가구에 기대어 선 채 아빠의 '사설 강좌'를 비웃으며 바라보았다.

"폼페이라고 들어 봤지? 기원후 79년에 베수비오 화산이 폭발했어! 화산재가 도시를 뒤덮으면서 모든 걸 그대로 보존했지. 2000년 후 고 고학자들이 지하에 묻혀 있는 것을 발견할 때까지. 지금도 계속 새로운 것들이 나오고 있단다. 테르모폴리움도 그중 하나야. 어느 항아리 속엔 심지어 로마 시대의 물이 담겨 있었어! 하지만 모든 것은, 정말 모든 것은, 그것을 찾아 보아야만 밖으로 나오는 거란다!"

"아멘!"

알바가 찬장에서 몸을 떼면서 그걸로 대화가 끝났다는 표시를 했다.

"펠릭스는 아빠의 흥미진진한 설명을 들을 시간이 없어요. 왜냐하면 우린……."

알바는 아빠에게 상체를 굽히고 귀에 대고 뭔가를 속삭였다.

"아, 그래! 그러면 어서 가 봐. 방해하지 않을게. 하지만 휠체어에 앉아 있다 보면 이런 일도 일어나는 거지."

말을 마친 알바의 아빠가 웃으며 휠체어를 돌렸다. 알바와 펠릭스는 그 옆을 지나 부엌에서 나갔다.

69.

"봐 봐, 저기에 앉아 있잖아!"

펠릭스가 검지로 나무 위를 가리켰다. 울타리와 나무마다 앉아 지저귀는 새 울음소리가 공원을 걷는 펠릭스와 알바를 줄곧 따라다녔다. 알바가 걸음을 멈추고 손으로 눈 위에 우산을 만들었다.

"저렇게 작은 꼬까울새가 저만큼 큰 소리로 노래한다는 게 믿기지 않아. 지금 아이나르가 여기에 있었다면 왜 그런지 설명해 줬을 텐데."

펠릭스가 웃기 시작했다. 알바는 정말 단순했다!

"걔는 언젠가 아마 생물학 교수가 될 거야!"

"그렇겠지."

알바가 맞장구를 치고 말을 이었다.

"어쩌면 해양학자나 그 비슷한 연구자가 될지도 몰라. 너 아이나르가 입양아라는 거 알고 있어?"

"뭐어어어? 진짜? 넌 어떻게 알아?"

펠릭스는 유난히 키가 큰 아이나르가 외로움의 열기구를 타고 떠다니는 모습을 상상했다. 그리고 자연스럽게 아이나르가 부모님을 엄마와 아빠라고 부를지가 궁금해졌다. 하지만 그와 동시에 그게 너무 멍청한 의문이라는 걸 알았다. 학부모 상담 날 아이나르가 부모님을 그렇게 부르는 걸 직접 들었기 때문이다.

"한번은 치과에서 아이나르를 만났는데, 대기실에 사람이 없었어. 그런데도 우리 둘 다 차례를 오래 기다렸어. 그때 어떻게 하다가 부모님 얘기가 나왔거든. 내 기억엔 아이나르가 이렇게 말해서 알게 됐던 거 같아. '내 치아가 우리 부모님과 달리 좋지 않아서 속상해. 그걸 나한테 물려주실 수는 없었거든.'"

"와 대박이다. 그런 얘기를 그렇게 아무렇지 않게 했다고?"

"내 말이! 나라면 그렇게 할 수 있을지 모르겠어. 우리 아빠가 휠체어를 탄다는 건 학교에서 아무도 몰라. 굳이 왜 말하겠어. 그래 봤자 나쁜 소문만 돌 텐데."

70.

나쁜 소문을 견딜 수 있는 사람은 없다. 사실이다. 그러니까 정말 심각한 일에 대해서는 누구하고도 이야기해서는 안 된다. 아니면 기회가 닿을 때 가끔씩만 해야 한다. 아니면 아이나르처럼 전혀 두려울 게 없거나. 그 애가 그런 이야기를 하다니, 대단하다. 물론 누구한테나 다 한 건 아니다! 그 얘기를 들은 사람 중 하나가 알바라는 사실이 놀랍진 않다. 그래도 나는 여전히 아이나르가 용기 있는 사람이라고 생각한다. 다른 한편으로, 친부모가 아니라도 부모님이 좋은 사람들이라면 큰 문제는 아닐 거다. 그들은 아이나르를 낳지는 않았지만 아이나르가 그 문제로 불편해하지는 않을 거다. 결국 그 사실은 별로 중요하지 않을 것 같다. 어쨌든 아이나르에겐 부모님이, 그러니까 엄마와 아빠가 있다. 나보다 내세울 수 있는 것이 더 많은 거다. 여하튼 알바가 내게 그 얘기를 해 줘서 기분이 좋다. 나한테는 안심하고 얘기해도 된다고 생각하는 걸까? 나한테도 알바에게 들려줄 만한 얘기가 있다.

71.

"하미드가 신도시에 사는 거 알고 있었어?"

호수에 거의 다 왔을 때 길가에 벤치가 나타났다. 주변엔 꽃이 핀 커다란 개나리 덤불이 무성했다. 그 노란색 한가운데에 알바가 앉았다.

"그럴 거라 짐작했어."

펠릭스는 벤치 앞에 가만히 서 있었다.

"어떻게?"

"한동안 아빠가 물리 치료를 받으러 신도시에 다닐 때 나도 같이 갔었어. 혼자 버스를 타실 수 없으니까. 아빠가 치료받는 동안 나는 그 동네를 돌아다니며 시간을 보냈어. 그때 하미드를 멀리서 몇 번 봤어. 분명히 하미드였어. 걔가 거기를 돌아다니는 게 그냥 우연은 아니겠다 싶었지. 하지만 학교에서는 그 일에 대해 하미드와 이야기하지 않았어. 걔는 조금 폐쇄적인 경향이 있고 나도 그 일은 더 이상 생각하지 않았거든. 너는 하미드 집에 가 봤어?"

펠릭스는 벤치 가장자리에 한 발을 걸치고 스쾃을 했다.

"파란색 발코니가 있는 고층 아파트 17층에 살더라. 거기에서 보면 주변 전망이 정말 기가 막혀."

"너희가 그렇게 친한 줄 몰랐어."

"그냥 거기서 우연히 마주친 거야."

"그런데 걔가 곧장 너를 집으로 초대했다고?"

"어쩌다 그렇게 됐어."

펠릭스는 알바의 질문에 불안해졌다. 자신이 왜 그 동네에 갔었는지 설명해야 할까? 알바가 더는 캐묻지 말았으면! 자신은 왜 하미드를 따라 그 집에 갔을까? 경치 때문이 아니었나? 수영 가방이 어떻게 된 건지 알아내려고 하미드가 자신을 덫으로 유인한 걸까? 과연 누구를 믿어도 되는 걸까? 모두가 늘 자신을 망신 주려고 하는 건가?

"펠릭스? 스트레칭 곧 끝낼 거지?"

펠릭스는 벤치에서 발을 내리고 그 자리에서 조금 뛰면서 허공에 주먹질을 했다. 그러곤 길가에 놓인 통나무를 가까이 당겨서 그 위에 알바와 마주 보고 앉았다.

"내 생각에 하미드는 신도시에 사는 걸 창피해하는 것 같아. 고층 아파트 단지 그런 곳에. 하지만 전망은 최고였어."

알바는 생각에 잠겼다.

"사실 난 그곳이 별로라고 생각하지 않아. 적어도 북적거리고 흥미진진하잖아! 광장에서는 아이들이 놀고 벤치에는 사람들이 앉아 대화하고. 이탈리아에 가 봤어? 거기도 비슷해. 모두가 그곳을 좋아하지. 하지만 이렇게 튀르키예인이나 아랍인들이 우리나라에서 살고 있으면 사람들이 '도와줘요!' 라고 소리 지르지! 거기에 비하면 우리가 사는 곳은 따분함 그 자체야."

"맞아. 그래도 나는 그런 데서 살고 싶지 않아. 거기 건물 복도가 어떤지 알아? 벽마다 온통 낙서투성이더라. 진짜 반사회적이야."

알바는 고개를 들어 파란 하늘을 바라보았다.

"그래, 네 말이 맞아. 그 지역은 평판이 나쁘지. 하지만 그게 실제로도 나쁘다는 뜻은 아니야. 때론 반대일 수도 있어."

펠릭스는 벤치에 느긋하게 앉아 있는, 아니 거의 눕다시피 한 알바의 날씬한 몸을 쳐다보았다. 이 순간이 영원할 수 있다면 좋겠다고 생각했다.

"모든 것에는 다른 측면이 있으니까. 그걸 바라볼 필요가 있어."

72.

맙소사, 난 항상 알바만 바라보고 싶다! 알바가 저렇게 하늘을 올려다보면 나는 거칠 게 없다. 알바는 내가 자기한테서 눈을 떼지 못한다는 걸 모른다. 나는 관음증이 있는 사람일까? 온통 노란 꽃에 둘러싸인 알바는 여왕 같다. 심장이 미친 듯이 뛴다. 우리가 지금 어디로 가든, 알바가 내게 누굴 소개할 생각이든, 나는 전혀 관심이 없다. 영원히 이곳에 앉아 있으면 좋겠다. 하지만 너무 멀리 떨어져 앉기는 싫다. 알바의 머리를 만져 보고 싶고 팔로 알바를 감싸고 싶다. 하지만 결코, 절대로 그런 일은 없을 거다. 그런 생각을 할 때마다 머릿속에 불쾌한 모습이 떠오른다. 뜨겁고 끈적거리는 송진 같은 것이 소녀에게 쏟아지는 동화 속에 있는 느낌이다. 제목이 뭐였더라? 전에 아빠가 그 동화를 여러 번 읽어 주었는데 나는 그때마다 무서웠다. 내가 그 더러운 오물을 흠뻑 뒤집어쓰고 그 오물이 내게서 떨어져 나가지 않을까 봐. 그때 벌써 이렇게 될 줄 알았던 것처럼.

73.

"펠릭스? 왜 그래? 피곤해? 슬퍼? 왜 머리를 그렇게 두 팔 사이에 묻고 있어?"

펠릭스가 고개를 들었다.

"아, 이 통나무가 너무 불편해서."

"그럼 가자. 어차피 거의 다 왔어."

알바가 일어나 머리카락을 틀어 올려 묶었다. 그리고 펠릭스가 쉽게 일어날 수 있게 손을 내밀었다.

"아, 다리에 감각이 없어. 개미 수천 마리가 기어다니는 것 같아!"

펠릭스는 발로 바닥을 디디며 얼굴을 찡그리고 몸을 흔들고는 알바를 따라 절뚝거리며 걸었다. 100미터쯤 가자 호수 주변으로 길이 나 있었다. 알바는 왼쪽 오솔길로 접어들었다.

"넌 여기 호수에 가끔 오니?"

알바가 물었다.

"거의 안 와."

펠릭스는 이렇게 대답하고 지난번 마지막으로 나무 밑에 앉아 있던 때를 생각했다.

응, 자주 와. 절망에 빠졌을 때. 어떡해야 좋을지 모를 때. 더는 모든 걸 참을 수 없을 때. 시간을 죽여야 할 때. 나는 이렇게 말할 수 없다.

알바가 걷는 방향은 펠릭스가 아는 길과는 거리가 있었다. 어쩌면 잊어버린 걸지도 몰랐다. 실제로 이곳에 자주 온 것은 아니었으니까.

"아빠를 설득하느라 너무 힘들었어!"

알바는 또 알바만의 웃음을 보이며 울타리를 둘러친 구역을 손으로 가리켰다. 가까이 다가간 펠릭스는 그게 방목장이라는 걸 알았다. 곧 옆에 있는 보호소에서 말 한 마리가 갈기를 휘날리며 달려 나왔다.

"안녕, 멋진 친구."

알바가 짙은 갈색 말에게 인사를 하고 두 팔로 말의 목을 감쌌다. 말은 낮은 소리로 숨 쉬며 눈을 크게 뜨고 펠릭스를 바라보았다.

이 속눈썹 좀 봐! 반짝이는 털도! 정말 멋진 말이네.

"소개할게. 여기는 내 새로운 친구 폰토스야!"

펠릭스는 손을 뻗어 건장한 말의 이마와 콧등을 조심스럽게 쓰다듬었다.

내 기억 속에 있는 말처럼 그렇게 크지는 않구나. 얘는 무척 붙임성이 있네! 누군가 나를 이토록 유심히 쳐다본 적은 없었는데.

"폰토스? 얘 정말 멋지다!"

펠릭스의 속에서 무거운 빗장이 풀리고 문이 열리는 것 같았다. 그는 알바를 보고 환하게 웃었다.

"네가 키우는 거야?"

알바는 몸을 굽혀 풀을 한 움큼 뽑은 뒤 폰토스에게 내밀었다.

"글쎄, 절반은 그런 셈이지. 아빠가 폰토스를 데리고 치료를 받을 예정인데 나는 원할 때면 언제든지 폰토스를 탈 수 있어. 이리 와. 원하면 너도 타 볼 수 있어."

알바는 울타리 문을 열고 펠릭스와 함께 방목장으로 들어갔다.

"난 한 번도 말을 타 본 적이 없어!"

펠릭스는 놀라우면서도 기뻤다.

"상관없어! 곧 알게 될 거야. 폰토스를 타는 건 식은 죽 먹기라는 걸."

74.

엉덩이와 두 다리에서 느껴지는 말 등이 따뜻하다. 나는 말이 움직이는 대로 따라 움직인다. 근육마다 제가 해야 할 일을 안다. 안장도 없다! 알바가 작은 의자를 가져와 '올라가!' 라고 했을 때는 정말 놀랐다. 그런데 실제로 효과가 있었다. 폰토스와 나는 벌써 예전부터 알고 지낸 사이 같다. 언제 발길질이 들어올지 아직 조금 긴장되기도 한다. 하지만 말이 순하고 안정되어 있어서 안심해도 될 것 같다. 고삐를 손에 잡을 필요가 없다. 어디로 가야 하는지 폰토스 스스로 알고 있다. 알바는 옆에서 걸으며 이따금 말의 목을 두드려준다. 모래밭을 벗어나자 폰토스가 풀밭을 달린다. 나는 풀밭 가장자리를 지날 때 스치는 나뭇가지를 조심해서 피해야 한다. 꼬까울새야, 내 모습이 보이니? 드디어 진짜 큰 동물을 만났어. 네가 분명히 좋아할 거야!

75.

"그런데 너희 아빠는 휠체어를 타면서 어떻게 말을 타셔? 그게 가능하지 않을 텐데!"

알바는 폰토스의 가죽 고삐를 잡고 다시 울타리 문을 열어 말을 방목장 밖으로 내보내며 웃었다.

"휠체어를 타고는 당연히 말을 못 타지! 아빠를 들어 올리는 크레인 같은 게 있어. 이 승마 트레이닝이 아빠의 근육에 최고로 좋대. 아빠는 휠체어에 너무 오래 앉아 있어서 근육이 완전히 뭉치고 통증이 있거든."

"그럼 폰토스도 배웠겠네. 그런 사람들을……."

"그냥 장애인이라고 말해도 돼. 아빠는 장애인이야. 너도 봤잖아. 폰토스는 장애인들이 탈 수 있게 훈련을 받았어. 그리고 프리시안 품종이라 특히 순하고 참을성이 많아."

"그런데 왜 폰토스라는 이름을 붙였어?"

알바는 호수를 휘돌아 난 길로 들어섰다.

"폰토스는 우리한테 오기 전부터 폰토스라고 불렸어. 그게 특별한 의미가 있는지 아니면 그냥 이름인지는 모르겠어."

76.

우리는 걷고 또 걷는다. 풀이 높이 자란 풀밭을 걸으며 호수를 바라본다. 나무들은 아직도 벌거숭이지만, 이따금 하얀색 또는 노란색 덤불이 그 벌거숭이들 틈으로 환하게 빛난다. 걷고 또 걸으면서 맑은 공기를 들이마신다. 아무것도 할 필요가 없이 그저 폰토스의 움직임만 따라가면 될 것 같다. 하지만 벌써 등과 허벅지 근육에 큰 부담이 오는 게 느껴진다. 그러나 아무러면 어때. 이 말을 타니 너무 좋다. 폰토스가 나를 변화시킨다. 나는 물의 사람에서 땅의 사람이 된 기분이다. 알바는 우리 옆에서 걷는다. 같은 속도로, 느긋하고 기분 좋게. 알바는 제2의 태양처럼 내 곁에서 빛난다. 우주가 하늘에 떠 있는 한 개의 태양만으로는 부족하다고 여겼나 보다. 고요하고 행복한 힘이 우리 사이에 흐른다. 느슨한 고삐처럼 우리를 이어 주면서도 서로에게 넉넉한 공간을 남겨 둔다. 새로운 시간 차원이 열렸다. 거기에선 나쁜 것은 무엇이든 아무 쓸모가 없다.

77.

펠릭스는 집으로 돌아와 날아갈 듯한 마음으로 현관문을 열었다. 집은 어둑어둑했고 부엌에만 불이 켜져 있었다. 엄마는 진작에 집에 와 있었다. 그런데 왜 부엌에 불을 켜 놓았지? 펠릭스는 지나가면서 부엌을 들여다보고는 깜짝 놀라 걸음을 멈췄다. 식탁에 엄마가 앉아 있었다.

"지금 어디에서 오는 건지 말해 줄 수 있니?"

엄마의 말투가 좋은 징조처럼은 들리지 않았다. 펠릭스는 재빨리 생각을 정리했다.

"음, 수영장에서 조금 늦게 끝났어요. 그리고 우연히 우리 반에 알바라는 애를 만났는데 걔가 자기네 말을 꼭 보여 주고 싶댔어요. 엄마는 전혀 상상이 안 되겠지만……."

"펠릭스!"

"왜요?"

"너 수영하러 안 갔잖아!"

"무슨 말이에요?"

엄마가 뒤로 손을 뻗었다. 순간 펠릭스는 가슴을 한 대 얻어맞은 느낌이었다. 수영 가방이라니! 그럴 리가 없어! 공포 영화가 따로 없었다. 펠릭스는 가방을 노려보았다. 무슨 말을 해야 좋을지 몰랐다.

"조금 전에 튀르키예 남자 두 명이 초인종을 눌렀어. 네 가방을 어디 쓰레기장에서 발견했다더라. 칠칠치 못하게 수영장 출입증이 가방 주머니에 꽂혀 있었어! 가방 잃어버렸을 때를 대비해서 거기에 이름이랑 주소를 적어 뒀잖아."

엄마는 불길하게도 잠시 말을 멈췄다. 그리고 그동안 엄마의 분노는 더 단단히 뭉쳐지는 것 같았다. 엄마가 버럭 소리를 질렀다.

"나는 문 앞에 바보처럼 서 있었어. 그 사람들이 무슨 얘기를 하는지 도무지 알 수 없었다고! 하지만 의심의 여지가 없어. 저건 네 수영 가방이야."

엄마의 흥분이 조금 가라앉았다가 이내 다시 훨훨 타올랐다.

"그 사람들한테 분실물 사례금으로 20유로를 줬어. 분실물 사례금으로! 알겠어?"

펠릭스는 부엌 창문으로 가서 바깥의 어둠을 내다보았다. 그러자 엄마의 아우성이 한쪽 귀에서만 울렸다.

78.

젠장. 빌어먹을! 인생은 왜 이렇게 불공평할까? 왜 뭣 하나 되는 일이 없을까? '그것'이 내 바짓가랑이 속을 기어다니며 수천 개의 팔로 내 목을 조른다. 저걸 떼어 낼 수가 없다. 난 아무것도 할 수 없나 보다. 괴물은 모든 것에 흙탕물을 뿌린다. 아름다운 오후, 나는 희망을 품어 본다. 그러나 곧, 다시 모든 게 산산조각 난다. 그것이 나를 파괴하려 한다.

79.

펠릭스는 분노로 속이 끓었다. 그 어느 것에도 비할 수 없는 큰 분노였다. 그는 목을 조르는 괴물의 손아귀에서 빠져나와 엄마가 앉아 있는 식탁으로 몸을 돌리고 거칠게 양손을 식탁에 올려놓았다. 그러고는 눈을 희번덕거리며 엄마를 바라보았다.

"더 이상 수영하러 안 가요!"

이제 소리를 지른 건 펠릭스 쪽이었다.

"제발 좀 알아들으시라고요!"

펠릭스의 침이 엄마의 턱까지 튀어서 엄마가 옆으로 고개를 돌렸다.

펠릭스는 부엌에서 나와 계단을 뛰어 방으로 올라갔다. 그리고 문을 쾅 소리 나게 닫았다. 문틀에서 회벽 가루가 떨어져 내렸다. 펠릭스는 자물쇠에 열쇠를 꽂고 돌려 잠갔다.

30분 후에 엄마가 손잡이를 잡고 흔들다가 문을 쳤다.

"설명을 들어야겠어, 이 망할 놈의 자식! 왜 나한테 거짓말했어!"

엄마가 소리를 질렀다. 펠릭스는 침대에 몸을 던지고 귀를 틀어막았다. 엄마는 계속 거칠게 방문을 두드렸다.

"기막히게 훌륭한 팀이었잖아. 너하고 벨러 말이야. 벨러는 따로 시간을 내면서까지 너를 지원했어. 그 어느 것도 불평하지 않았어. 그건 너도 마찬가지였어! 넌 아무리 훈련을 많이 해도 만족하지 않았어. 그런데 이제 와서 그 모든 게 아무것도 아니라고?"

"날 내버려 두라고요! 당신이 싫다고. 제발 꺼져!"

펠릭스가 악에 받쳐 소리를 지르자 엄마가 문을 발로 찼다. 펠릭스는 엄마가 계단을 내려가는 소리를 들었다. 그러다 엄마가 다시 와서 소리쳤다.

"너 일주일 내내 외출 금지야. 어디 두고 봐! 밖에 나갈 생각은 꿈에도 하지 마!"

80.

밤이 납덩이처럼 무겁게 내려앉았다. 펠릭스는 세상에서 가장 외로운 사람이 된 느낌이었다. 더는 그 누구와도 연결되어 있지 않은 것 같았다. 별이 고드름처럼 하늘에 매달려 있는 꿈을 꾸었다. 가끔 고드름이 녹아 아래로 떨어져 그의 몸을 관통했다. 그때마다 뾰족한 얼음이 살을 파고드는 느낌이었다.

그러나 그는 혼자가 아니었다.

폰토스가 마구간에 서서 나지막한 소리로 울었다. 풀 냄새와 흙냄새가 나무들을 지나 펠릭스에게까지 와 닿았다. 펠릭스의 마음속이 오래도록 말을 타고 싶다는 갈망으로 가득 찼다.

알바는 침대에 누워 내일 빈스의 파티에 갈지 말지를 생각했다. 파티는 대부분 지루했다. 알바는 펠릭스에게 파티에 갈 거냐고 묻는 걸 까맣게 잊어버렸다.

하미드는 17층 발코니에 서서 한기를 느꼈다. 아직도 밤에는 서늘했다. 풀밭이 있는 아래쪽에서 빨강과 파랑과 초록으로 빛나는 작은 점들이 보였다. 산책하러 나온 개들의 반짝이는 목줄에서 나온 것이었다. 하미드는 자신이 언젠가 테헤란에 갈 수 있을까를 생각했다.

유리는 지상에서 정확히 10센티미터 뜬 채 이동하는 우주 비행사 장난감을 갖는 상상을 했다. 그리고 그 상상은, 유리가 검지로 자기 뺨을 찌르자마자 멈췄다.

아이나르는 아직 부모님과 함께 텔레비전 앞에 앉아 있었다. 갈릴레오 갈릴레이에 관한 영화는 자정 직전에 시작했다. 그는 언젠가 이 집에서 떠나고 싶은 생각이 들게 될까 생각해 보았다.

빈스는 마리우스에게 하루의 마지막 메시지를 보냈다. '내일 조금 일찍 와. 그럼 우리 단둘이 있을 시간이 있잖아. 솔직히 내일이 오는 게 조금 두려워.'

펠릭스의 할아버지는 숨을 깊이 들이마셨다. 방으로 쏟아져 들어오는 서늘한 숲 공기가 그를 행복하게 했다. 머잖아 자신도 저 바깥에 있는 땅속에 묻힐 것이었다.

별똥별이 하늘을 가르다가 3초 후에 사라졌다.

81.

창문에 친 커튼이 해를 가리지 못한다. 벌써 해가 떠서 내 방으로 들이닥친다. 해는 측면으로 들어와 방을 달군다. 해는 계속 들어오고 또 들어온다. 아무것도 해를 막지 못한다. 날마다 해가 뜨고, 해가 진다. 무자비하게. 내가 어떻게 사는지 아무도 관심 없다. 하루가 그냥 멈추었으면 좋겠다. 멈추기. 초기화. 모든 걸 새로 시작하기. 아빠는 떠나지 않는다. 아빠는 내게 말 타는 법을 가르쳐 준다. 나는 수영하러 갈 생각을 하지 않는다. 우리는 시내에 있는 집에서 산다. 현관문 위에 아기 천사 얼굴이 새겨져 있고 건물 전면에 덩굴식물이 덮여 있는 집이다. 일요일이면 박물관에 간다. 나는 그곳이 지루하다고 불평하지 않는다. 여름에는 그리스로 스노클링을 하러 간다. 아니, 가지 않을 수도 있다. 수영은 중요하지 않다. 그런데 문제가 있다. 다른 인생은 없다는 거다. 그 멍청이들은 대체 왜 그 빌어먹을 가방을 가져다준 거지? 혹시 하미드가 시켰을까? 엄마는 아래층에 앉아 나를 어떻게 더 벌할까 궁리한다. 사는 게 이토록 끔찍하다. 내가 망쳤다. 기회를 놓치고 실패했다. 괴물은 절대로 사라지지 않는다. 내 가슴에 웅크리고 앉아 나를 비웃는다. 저놈을 어떻게 하면 다시 없앨 수 있을까? 혹시 전혀 불가능한 걸까?

82.

펠릭스는 침대에서 느릿느릿 몸을 일으켰다. 운동을 하면 좋을 것 같앉다. 뭐든 여기에 늘어져 있는 것보다는 나았다. 그는 휴대폰을 찾으려 바닥을 더듬었다. 휴대폰은 침대 발치에 있는 빈 과자 봉지 밑에 있었다. 푸푸에게 메시지를 보내려면 일단 충전부터 해야 했다. 하지만 그건 그새 들어왔을지 모르는 수많은 다른 메시지까지 봐야 한다는 걸 의미했다. 절대로 그러고 싶지는 않았다.

펠릭스는 책상에서 노트북을 집어 들고 스카이프를 열었다. 순간 자신이 백치가 된 기분이 들었다. 겨우 약속 하나 잡자고 누가 이런 걸 사용한단 말인가? 그러나 이 방법이 있다는 게 다행이기도 했다. 뜻밖에 푸푸가 즉시 반응을 해 왔다.

"어, 너 이걸로 들어왔네?"

나 같아도 그렇게 말했을 거다. 이런 생각을 한 펠릭스는 푸푸가 온 가족과 함께 아침 식탁에 앉아 있는 것을 보고 놀랐다.

"응, 경찰 놀이 때문에."

"휴대폰은 아직도 먹통이야?"

"응."

"근데 오늘은 곤란해. 지금은 페루에 있는 형과 스카이프를 해야 하고, 그 후엔 모터스포츠를 보러 가야 하거든. 내일은 어때?"

"전처럼 10시 반 호수?"

"좋아. 그리고 잊지 마. 오늘 저녁에 빈스 집에서 파티 있는 거!"

푸푸의 두 여동생이 화면 앞으로 모여드는 모습이 보였고 곧바로 창이 닫혔다. 푸푸네 집은 항상 분주했다. 푸푸는 형도 두 명 더 있어서 형제자매들 중간에 끼어 있었다. 다섯 남매가 함께 뭔가를 결정하면 부모님은 자신들의 뜻을 펼 기회가 거의 없었다. 펠릭스는 왠지 부러웠다. 물론 방해받지 않고 평온하게 지내는 것이 불가능하기는 했다. 그건 그렇고 그 집 사람들은 왜 그를 '푸푸'라고 부를까? 푸푸의 진짜 이름은 안드레아스였다. 펠릭스로서는 도무지 알 길이 없었다. 가족은 인생의 다른 부분에까지 그렇게 큰 힘을 행사하기도 했다.

노트북을 다시 닫으려던 펠릭스의 머릿속에 확인하고 싶었던 것이 떠올랐다. 그는 인터넷을 열고 '폰토스'를 검색했다. 여러 가지 설명이 나왔다. 그중 하나는 다음과 같았다. '폰토스는 고대 그리스 신화에서 바다의 신을 의미한다.'

방문을 두드리는 소리가 났다.

"펠릭스? 깼니? 내려와서 아침 먹어. 우리 얘기 좀 해야겠다."

83.

엄마, 엄마는 제정신이 아닌 것 같아요. 우리는 얘기할 이유가 없어요! 그 지겨운 수영장 얘기로 나를 계속 괴롭히시게요? 어디 한번 그래 보시든가요. 외출 금지는 정말 최악이에요! 아침은 혼자 즐기세요. 원래 그러려고 그랬잖아요.

84.

펠릭스는 노트북을 닫기 전에 이런저런 문학 작품에서 복잡한 사건을 해결한 304명의 탐정, 요원, 스파이들의 이름을 정리해 둔 사이트를 열었다. '루 아처'가 멋지게 들렸다. '아비 아브라함'? 너무 길었다. '할 찰리스'도 듣기 좋았다. '시드 핼리'? 펠릭스는 짧은 이름이 좋았다. 아니면 '베니 로사토'? 이런 젠장, 이건 여자였다. 펠릭스는 이름 두 개를 종이에 적고 노트북을 다시 책상에 올려놓았다. 그리고 침대에 대자로 누워 푸푸와 그의 가족을 생각했다. 모터스포츠라니, 굉장하군. 그에겐 그곳에 함께 갈 아빠도 없고 형도 없었다. 엄마는 같이 가 줄 사람이 아니었다. 아무도 관심 없는 작은 점으로 아무 데서나 살 거면 대체 뭐 하러 이 세상에 태어난 걸까? 펠릭스는 다시 침대로 기어들어 가 이불을 머리 위로 끌어당겼다. 괴물에게는 쉬운 게임이었다. 괴물은 펠릭스의 살에 미늘을 박고 독이 든 기다란 두 팔로 그를 꾸러미처럼 묶어 숨을 쉬지 못하게 했다. 어느덧 펠릭스는 잠이 들었다.

85.

"펠릭스?"

엄마가 또 방문을 두드렸다.

"엄마 지금 나가야 해. 밤 근무야."

엄마가 들은 건 희미하게 끙끙대는 소리뿐이었다.

잘됐네요.

펠릭스는 이불을 젖히고 엄마가 계단을 내려가는 소리를 들었다.

외출 금지는 정말 기가 막힌 계획이에요. 펠릭스가 생각했다. 자신의 근무 시간은 생각지도 않고 명령을 내릴 정도로 멍청하면 그건 그 사람 잘못인 거다. 그래도 펠릭스는 즐거워할 수 없었다. 현관문이 닫히는 소리가 들렸다. 이젠 집이 아까보다 더 쓸쓸했다.

펠릭스는 침대에서 빠져나와 샤워실로 갔다. 정말 파티에 가야 할까? 빈스는 줄기차게 파티 얘기를 했었다. 그러니까 그에겐 상당히 중요한 일이 있는 모양이었다. 하지만 펠릭스가 기억하는 한 빈스의 생일은 아니었다. 그렇다면 축하할 일이 무엇이 있을까?

없었다! 정말 아무것도 없었다. 펠릭스는 즐거운 저녁이 두려웠다. 그가 파티에 간다면 이유는 딱 하나, 알바 때문이었다. 폰토스의 등에 탔을 때 옆에서 함께 걷던 알바의 모습이 눈에 선했다. 편안하고 자연스러운 데다 얼굴에는 믿을 수 없이 아름다운 미소를 띤 모습. 알바가 그 일부를 자신에게 준다면 얼마나 좋을까!

샤워를 끝내고 다시 방으로 돌아온 펠릭스는 커튼을 젖히고 창문을 열었다. 돌풍이 몰아치는 바람에 책상 위의 메모지와 종이들이 휘날리면서 아이나르가 준 해먹 목록이 눈에 들어왔다. 이걸 까맣게 잊고 있었다. 펠릭스는 자잘한 물건들을 모두 옆으로 치우고 서랍에서 도화지를 꺼냈다. 좋아, 원하는 대로 그려 주마.

그림을 다 그렸을 때 해는 벌써 맞은편 주택들 뒤로 완전히 넘어간 뒤였다. 펠릭스는 추워서 창문을 닫았다. 그런데 파티는 언제 시작하는 거지? 무엇을 입고 가야 할까?

펠릭스는 옷장을 열어 놓고 서서 결정을 내리지 못했다. 다시 침대로 기어들어 가고 싶은 마음이 컸다. 그러나 알바를 생각하니 그럴 수 없었다.

검정이 오늘 나한테 어울리는 유일한 색이야. 펠릭스는 검은 후드티를 찾아 입고 후드를 머리 위로 당겨쓴 뒤 아래로 내려갔다.

86.

이런 파티는 어떻게 하는 걸까? 뭐 유의할 점이라도 있을까? 모르겠다. 파티란 게 내겐 너무 드문 일이어서 한 번도 가 본 적이 없다. 뭔가를 준비해 가야 하는 걸까? 뭘 가져가야 하지? 혹시 모르니 지하실에 가서 식품 저장고에 뭐라도 있는지 봐야겠다. 할머니가 주신 절인 콩은 어울리지 않겠지. 빈스가 콩을 좋아할까? 아니면 모과잼? 그것도 모르겠다. 게다가 이건 전형적인 할머니 선물이다. 선반에 항상 샴페인이 몇 병씩 있었는데 지금은 왜 하나도 없지? 좋아. 그럼 가다가 한 병 사야지. 전에 엄마 생일에 엄마가 동료들을 몇 명 초대했었다. 그때 샴페인이 있어서 나도 한 잔 마셔 봤는데 나쁘지 않았다. 아니 뭐야, 왜 전화가 울리지? 내가 집에 있는지 엄마가 확인하려는 걸까? 미치겠네. 벨소리가 두개골에 구멍이라도 내려는 것처럼 관자놀이를 두드린다. 나는 전화를 받지 않는다. 하지만 벨소리가 끔찍하다. 좋아, 내가 아는 번호인지 어디 보자. 무트샤이트다!

"여보세요! 지하실에 있었어요, 할아버지. 그래서 한참 걸린 거예요. 아뇨, 엄마는 밤 근무예요. 손님 100명은 전혀 문제가 안 돼요. 할아버지께서 100세가 되시는 거니까요. 그렇지만 할아버지한테는 너무 부담이……. 원하시는 대로 하세요. 네, 그건 제가 할게요. 네, 곧 또 찾아뵐게요. 아니요, 저는 괜찮아요. 아, 그럭저럭이요. 고맙습니다! 그럴게요. 그럼 쉬세요."

할아버지여서 다행이다. 목소리가 활기차다. 들을 때마다 이 세상에 할아버지를 뒤흔드는 일 같은 건 아무것도 없을 것 같은 목소리다.

87.

펠릭스는 마지막으로 거울을 들여다보고 파카를 입은 뒤 집을 나섰다. 빈스는 멀지 않은 공원 근처 주택가에서 살고 있었다. 거리는 인적 없이 조용했다. 주택가 창문 안쪽에서 드문드문 푸르스름한 화면이 가물거리며 빛났다.

거의 땅바닥만 보며 걸었는데도, 펠릭스는 멀리서 한 남자를 발견했다. 호리호리하고 단단한 체구의 남자가 주택가가 끝나는 곳에 서 있었다. 분명히 펠릭스를 기다리고 있는 것이었다. 펠릭스는 입이 마르고 위장이 고통스럽게 뒤틀렸다. 뭘 원하는 걸까? 그가 보낸 메일을 받지 못

한 걸까? 펠릭스는 재킷 안으로 몸을 더 움츠리고 끈질기게 땅바닥만 바라보았다. 혹시 그 사람이 아닐 가능성이 조금이라도 있을까? 그러나 남자는 계속 모퉁이에 서서 길을 막고 있었다. 펠릭스는 걷는 속도를 늦췄다. 그리고 몸을 휙 돌려 오던 길로 되돌아갔다. 다섯 발짝을 걸었을 때, 남자의 목소리가 그를 따라잡았다.

"잠깐만."

그 목소리에 펠릭스는 멈춰 서서 꼼짝도 하지 않고 두 팔로 몸을 감싼 채 계속 바닥만 내려다보았다.

"왜 도망치는 거야? 난 우리가 다시 훈련할 수 있기만을 기다리고 있어. 너는 내 최고의 남자야."

펠릭스는 눈을 가늘게 뜨고 그 목소리가 자신을 '그것'의 손아귀에서 풀어주기를 간절히 소망했다.

"다시 와서 훈련하면 아무도 우리에 대해 알지 못해, 그렇지?"

이번엔 목소리 대신 손이 펠릭스의 어깨에 내려앉았다. 그러다 곧 다시 거두어졌다. 들척지근한 로션 냄새가 공중에서 떠돌았다. 순간 속이 메스꺼워지면서 심장 박동 때문에 숨이 막혀 죽겠다는 생각이 들었다. 펠릭스는 그대로 집을 향해 달렸다.

88.

펠릭스는 옷을 벗고 도망치듯 샤워실로 들어갔다. 몸에 닿았던 것을 떨어내려면 물은 아주 뜨거워야 했다. 아직도 어깨에 손이 올라와 있는 느낌이었다. 아무리 비누칠을 많이 해도 그 손의 흔적은 지워지지 않았다. 심장 박동에 숨이 막힌 펠릭스는 이제야 알 것 같았다. 탈출구가 없다는 것을. 바닥 타일에 생긴 균열이 점점 커졌다. 괴물은 거침없이 접근해 그의 피부와 머리칼까지 삼켰다. 다시는 그를 놓아주지 않을 것이다. 다른 아이들에게 돌아가는 길이 막혀 버렸다. 알바와 율리우스의 평온함도 그에겐 영원히 허용되지 않을 터였다. 알바의 미소는 그를 구할 수가 없었다. 펠릭스는 영원히 다른 편으로 추방되었다. 그 편에 있는 사람들은 악취 나는 형상이 말을 걸고 손을 내미는 형벌을 받아야 했다. 펠릭스는 샤워실 구석 바닥에 쪼그리고 앉아 물이 자신의 몸을 씻어 주기를 바랐다.

89.

내게 기회가 없다는 걸 이제야 분명히 알겠다. 이번 생에서는 없다. 괴물은 어디에나 존재한다. 도망치려 해도 소용없다. 나는 끝없는 사막처럼 그저 공허할 뿐. 다른 모든 것은 꿈이었다. 몽상이었다.

90.

뭔가가 그의 창문을 때렸다. 조약돌일까? 한 번 더 때렸다. 또 때렸다. 펠릭스는 욕실 창문을 열었다. 마리우스와 푸푸가 바깥에 서서 히죽히죽 웃고 있었다.

"아직 준비 안 끝났어? 그렇게까지 안 해도 넌 멋지고도 남아! 어차피 파티에선 바깥 정원에만 앉아 있을 거야. 어두워서 네가 샤워를 했는지 안 했는지 아무도 몰라!"

펠릭스는 계속 몸의 물기를 닦았다.

"너희는 왜 파티에 안 갔어?"

아래에 있는 두 사람이 킥킥 웃었다.

"우린 벌써 갔지. 근데 맥주가 다 떨어져서 좀 더 사려고 나왔어."

"그리고 네가 어디에 있는지 한번 보려고 했지. 넌 갈 생각이 없는 거야? 얼른 와서 앞장서. 너 없으면 안 돼."

펠릭스는 파티에 가고 싶지 않았다. 그러나 뭐가 됐건 집에 있는 것보다는 나았다.

"기다려!"

그는 창문을 닫고 재빨리 옷을 입었다.

91.

"드디어 왔다!"

세 사람이 정원에 들어서자 요란한 환호성이 터졌다. 빈스는 다른 아이들과 두 개의 바비큐 화로에 둘러앉아 마시멜로를 굽고 있었다. 식탁 가장자리에는 샐러드가 담긴 그릇과 바비큐 고기가 담긴 접시가 놓여 있었다.

"야, 너 샴페인 가져왔구나! 펠릭스, 기가 막힌 음료야. 썩 잘 어울려."

빈스가 베란다에서 접이식 의자를 가져와 아이들이 둘러앉은 곳에 놓았다.

"와서 앉아! 그렇게 오랫동안 어디에 틀어박혀 있었어?"

펠릭스는 자신의 그림자만 여기에 와 있는 것 같았다. 그는 자신이 자리에 앉고 재킷 주머니에서 스케치를 꺼내 빈스에게 건네주는 모습을 멀리서 바라보았다.

"믿을 수가 없네. 제시간에 오는 대신에 그림을 그렸구나!"

빈스는 종이를 들여다본 뒤 그걸 아이들에게 돌렸다. 그러곤 샴페인 병을 가져다 따기 시작했다.

"와, 기가 막힌다! 이렇게 빨리 그리다니. 교장 선생님이 감동하시겠는걸."

그 순간 샴페인의 코르크 마개가 병목에서 튀어나와 밤하늘로 높이 날아올랐다. 펠릭스가 첫 잔을 받았다.

"여기에 다양한 의자들을 그려 넣은 건 좋은 아이디어야. 이런 필요 없는 물건들이 분명 어딘가에 굴러다닐 거야. 그런 걸 기부하면 돼. 아니면 오래된 접이식 의자가 종류별로 줄줄이 나올 수도 있어. 그럼 우리는 금세 비용을 줄인 거네!"

아이나르가 그림을 품평했다.

"이걸 전부 네가 머리로 생각해서 그린 거야? 아니면 먼저 이케아 카탈로그를 찾아본 거야?"

푸푸가 물었다.

"교내의 다양성을 의미하는 훌륭한 상징이야."

하미드가 끼어들었다.

빈스와 마리우스가 웃기 시작했다.

"그런데 겹쳐서 쌓아 두기가 쉽지 않겠네!"

펠릭스에겐 그 모든 게 관심 밖이었다. 그는 잔을 비운 뒤 곧바로 한 잔을 더 달라고 했다.

알바는 대체 어디에 있을까? 펠릭스는 그 어디에서도 알바를 찾을 수 없었다. 그러나 물어보고 싶지는 않았다. 그림자가 말하는 걸 들어 본 사람이 있을까? 샴페인 맛은 나쁘지 않았다. 두 병을 사 왔어야 했나 보다.

"근데 펠릭스, 담배는 어떻게 잘 돼 가? 이젠 잘 말아?"

빈스가 말을 걸었다. 펠릭스는 재킷 주머니에 손을 넣었다가 곧장 아이들에게 손을 내밀어 펴 보였다.

"우아, 한 무더기다!"

빈스가 담배 한 개비를 들고 자세히 들여다보더니 말했다.

"완벽해! 너 정말 빨리 배웠다."

펠릭스는 작게 손짓하고 담배를 불 속에 던졌다. 연기가 피어올랐다. 펠릭스가 다시 재킷 주머니에 손을 넣어 나머지도 불에 던지자 빈스가 벌떡 일어나 불 주위를 돌며 춤을 추기 시작했다. 마리우스가 따라 추면서 코요테처럼 울부짖었다.

그 순간 알바가 집에서 나와 정원으로 왔다. 알바는 펠릭스 옆의 빈자리에 앉으며 말했다.

"너희들 미쳤어? 이웃집에서 경찰이라도 부르게 할 참이야?"

빈스와 마리우스가 즉시 소란을 멈췄다.

"거기다 대문도 열려 있었어! 내가 보기에 맥주를 더 마시는 건 좋은 생각이 아니야!"

"네가 우리 엄마야 뭐야?"

마리우스가 차가운 소시지를 하나 집어서 베어 물었다. 그는 식탁 옆에 싸우자는 듯이 서 있었지만 곧 빈스가 그를 말렸다.

"자자, 알바 말이 맞아. 난 이웃 때문에 스트레스받고 싶지 않아. 그리고 나가거나 들어올 때는 대문을 똑바로 닫아 주면 좋겠어!"

"너네 부모님은 언제 돌아오셔?"

푸푸가 나무 꼬챙이에 새 마시멜로를 끼우고는 기대 가득한 눈으로 빈스를 바라보았다.

"내일이나 돼야 해."

빈스가 말했다. 그러곤 알바에게 물었다.

"너희 아버지는 괜찮으시니?"

알바는 고개를 끄덕였다.

"벌써 잠자리에 드셨는데 약을 욕실에 두고 깜박 잊어버리셨어."

하미드가 이해할 수 없다는 표정을 지었다.

"그래서 파티 중인 너한테 전화해서 약을 침대로 가져다 달라고 하신 거야? 난 항상 우리 부모님이 제일 이상하다고 생각했는데."

알바가 벌떡 일어나 방금 앉아 있던 의자를 발로 걷어찼다.

"우리 아빠가 휠체어 생활을 하신다, 이 등신아. 난 항상 네가 그렇게까지 멍청하진 않다고 생각했는데."

92.

알바의 반응이 만만치 않다. 알바가 이러는 건 처음 본다. 저렇게 분노한 모습이라니. 알바가 정말 하미드에게만 짜증을 낸 건지 아니면 자기 아빠한테도 약간은 화가 난 건지 잘 모르겠다. 아빠의 보모 노릇을 하는 게 정말 어처구니없겠지. 나는 지금까지 알바가 아무렇지도 않게 생각하는 줄 알았다. 그런데 항상 그랬던 건 아니었나 보다. 알바의 분노를 나는 이해한다. 그것도 아주 잘! 내가 이해한다는 걸 보여 주려면 무슨 말을 해야 할까? 모르겠다. 사실 하미드에게도 내가 한 짓에 대해 미안하다고 말하고 싶다. 그러나 나는 하찮은 놈이다. 입을 열어 말도 못 할 만큼 나약해 빠졌다. 알바도 샴페인 한 잔을 마셔야 할 것 같다. 그러면 마음이 편해진다. 나는 내가 그림자에 불과하다는 것도 거의 깨닫지 못하고 있다.

93.

"야야, 진정해! 싸우지들 말아. 하미드는 너네 아버지가 휠체어를 타는 줄 몰랐던 거야!"

빈스가 상황을 수습하려고 애썼다.

"나도 몰랐어. 어떻게 알겠어. 그 얘기는 한 번도 화제에 오르지 않았는데."

아이나르가 말했다.

"미안해, 진짜 미안해!"

하미드는 정말 풀이 죽은 모습이었다. 푸푸가 캔맥주를 건넸지만 하미드는 부드럽게 사양했다. 모두 다시 자리에 앉았으나 분위기는 이미 가라앉았다. 주위를 둘러보던 펠릭스는 빈스와 마리우스가 무슨 비밀 신호라도 보내는 듯 계속 눈짓을 교환하는 것을 보았다. 무슨 꿍꿍이일까? 마침내 빈스가 일어나 말했다.

"자자, 의기소침해 있지 말자. 파티하러 여기 온 거잖아!"

펠릭스는 다시 샴페인 병으로 손을 뻗었지만 이미 비어 있었다. 푸푸가 펠릭스에게 하미드가 사양했던 캔맥주를 건넸다. 펠릭스는 술기운에 조금 몽롱했지만 빈스가 왠지 안절부절못하고 있다는 건 알 수 있었다. 빈스답지 않았다.

"마리우스하고 내가, 그러니까 우리가 너희한테 보여 줄 게 있어. 거울을 주제로 했던, 있잖아, 그 연극반. 너희도 다 알 거야."

아이나르의 인내심이 한계에 도달했다.

"뜸 들이지 마, 빈스. 보여 주고 싶은 게 있으면 그냥 시작해!"

의자를 옆으로 치우자 어둑어둑한 잔디밭에 일종의 간이 무대가 만들어졌다. 마리우스와 빈스가 거울을 가운데 둔 양 마주 보고 섰다. 둘은 거의 동시에 같은 동작을 취했다. 그들은 거울을 들여다보고 수천 가지 의심이 드는 듯 머리칼을 쥐어뜯으며 이런 말을 주고받았다.

"그럴 리가 없어!"

"왜 나야?"

"이럴 수는 없어!"

"그것 때문에 우리는 망할 거야!"

그러더니 갑자기 서로 코앞까지 다가가 멈춰 서서 상대방의 눈을 바라보았다. 마리우스가 몸을 떨었다. 빈스가 한 손으로 그의 머리를 쓰다듬었다. 마리우스가 미소 짓기 시작했다. 두 사람은 무척 행복한 표정으로 서로를 껴안았다. 그러곤 다시 포옹을 푼 뒤 상대방의 어깨에 팔을 얹고 관객 앞에 서서 활짝 웃으며 허리 굽혀 인사했다.

저절로 관객의 박수가 터져 나왔다. 아이나르는 손가락으로 휘파람을 불었다. 그 소리에 온 이웃이 깰까 봐 알바가 아이나르의 팔을 잡아당겼다. 그러나 아이나르는 그만둘 생각이 없었다.

"멋진 러브 스토리야! 나는 진작에 알고 있었지."

아이나르가 외쳤다.

"진짜? 너희 둘이 게이……?"

하미드가 마지막 글자를 길게 끌며 물었다.

"무슨 문제 있어? 너한테 신청서라도 내야 해?"

빈스가 팔로 허리를 받치고 하미드를 도전적으로 바라보자 하미드가 씩 웃으며 잔을 들었다.

"걱정 마. 그런 건 허락이 필요 없지. 원래 그런 거니까!"

펠릭스는 자신이 그 모든 상황을 이해한 건지 자신이 없었다. 취해서 몽롱한 와중에도 그는 생각했다. '그래서 빈스가 담배를 끊었구나!'

"얘들아, 우리는 험담이나 밀담은 질색이야. 우리는 숨고 싶지 않아. 너희는 우리 친구잖아. 그러니까 이 사실도 우리한테서 직접 들어야지. 안 그래? 건배!"

94.

미치겠네, 속이 울렁거린다. 집에 어떻게 왔는지 모르겠다. 침대 앞에 누가 양동이를 가져다 놓았지? 아니, 토하지 않아도 돼. 새들이 좀 작은 소리로 노래할 수는 없는 걸까? 난 더 자야 해.

95.

펠릭스는 잠에서 깨어 시계를 보았다. 머리가 아프고 입이 말랐다. 아래층 부엌에서 엄마가 시끄럽게 쿵쾅거리는 소리가 들렸다. 엄마가 아직 잠자리에 들지 않은 게 이상했다. 밤 근무를 하고 오면 엄마는 우선 커피부터 끓이고 잠을 자러 갔다. 펠릭스가 내려오기를 기다리는 걸까? 기다릴 테면 기다리라지!

빈스와 마리우스? 꿈을 꾸었을까? 아니면 그 둘은 정말 커플일까? 펠릭스는 혼란스러웠다. 겉으로 보이는 모습이 사실 그대로인 경우는 드물었다! 펠릭스는 꿈에도 생각하지 못했다. 둘이 그런 사이라고는……. 그는 어젯밤에 있었던 일과 다른 날 학교에서 그 둘을 만났던 때를 떠올렸다. 친구 사이인데 그저 서로를 조금 더 좋아하는 걸까? 샤워도 같이 할까? 서로의 몸을 만질까? 순간 또 괴물이 그에게 달려들었다. 자신을 혐오감으로 가득 채웠던 것이 아름다울 수도 있는 걸까?

이 질문은 펠릭스에게 너무 어려웠다. 펠릭스가 아는 것은 단 하나, 만일 수영장에서의 그 일만 아니었다면 그는 그런 걸 크게 신경 쓰지 않았을 거라는 것이었다. 서로 사랑하는 두 아이를 다른 이들과 똑같이 평범한 사람들이라고 생각했을 것이다. 빈스와 마리우스의 관계를 아무렇지 않게 기뻐해 주었을 것이다.

뱃속에서 일던 가벼운 메스꺼움이 다시 분노에 찬 원망으로 변했다. 그를 자주 사로잡았던 감정이었다. 펠릭스는 더 이상 예전과 같은 사람이 아니었다. 앞으로 이 유배 생활에서 어떻게 벗어나야 할지도 알지 못했다. 더는 이런 생각을 해서도 안 되었다.

펠릭스는 시계를 보았다. 벌써 10시였다. 그는 푸푸와 만나기로 약속

했었다.

그런데 지금 어떻게 집에서 몰래 나갈 수 있을까? 펠릭스는 방문을 잠그고, 검은 운동복 바지를 입고, 운동화를 신고, 책상을 옆으로 밀었다. 그런 다음 창문을 열었다. 내려가는 건 아주 쉬웠다. 빗물 홈통에는 두 군데 고정 부위가 있었다. 펠릭스는 발끝으로 그곳을 디뎠다가 한 번의 점프로 좁은 정원 왼편에 착지했다. 집 안에서 창문을 통해 내다보이는 위치였다. 펠릭스는 엄마가 아직 부엌에 있기를 바라며 웅크린 자세로 정원 반대쪽 끝으로 기어가 낮은 울타리를 뛰어넘었다.

게임은 이미 시작되었다. 비밀 요원이 된 펠릭스는 무사히 거리에 도착했다. 그리고 순식간에 주택가를 빠져나와 공원을 지나 호수를 향해 달렸다. 일요일 오전인 지금, 이곳에는 단 두 사람만이 개를 데리고 나와 걷고 있었다. 다른 사람들은 아직도 잠을 자거나 아침을 먹고 있었다. 모두가 질서정연하고 계획에 따라 살고 있었다. 알바가 뭐라고 했더라? "따분함 그 자체." 바로 그거였다!

펠릭스는 계속 달리면서 그게 얼마나 사람을 기분 좋게 하는지 깨달았다. 걷기는 불가능했다. 계속 움직여야 했다. 그렇게 해야 뱃속에서 화산처럼 우르릉거리는 소리를 어느 정도 통제할 수 있었다.

약속한 장소에 도착했을 때 푸푸는 이미 와 있었다.

"야, 너 벌써 숨넘어가려고 하네!"

"그랬으면 좋겠다."

"왜 그렇게 많이 마신 건데! 너 어젯밤에 상태 진짜 안 좋았어."

"이제 괜찮아."

푸푸는 펠릭스를 유심히 쳐다보았다.

"그래? 넌 어떤 이름으로 골랐어?"

"미치 랩."

푸푸가 엄지손가락을 치켜들었다. 다행히 서로 같은 탐정을 고르지 않았다.

"특이 사항은?"

"영어, 프랑스어, 아랍어, 페르시아어, 이탈리아어를 유창하게 구사해. 가라테, 유도, 킥복싱에 능하고 브라질 주짓수에서는 검은 띠를 땄어."

"우와! 실패할 일이 없겠네."

푸푸가 웃었다. 펠릭스는 움직임을 멈추지 않으려고 제자리에서 계속 작은 보폭으로 뛰었다.

"너는?"

"엘러리 퀸. 아마추어지만 유산을 물려받았고 재정적으로 독립했어. 그래서 시간이 남아돌고 모든 사건을 해결하지."

"멋지다. 나도 그 사람으로 할 뻔했는데 '퀸'이 왠지 나랑 어울리지 않더라."

"나는 '엘러리 퀸'에 있는 두 가지 의미가 좋았어. 하나는 사촌 지간 인 프레데릭 대니와 맨프레드 베닝턴 리의 필명이라는 것. 또 하나는 이 들이 작중 인물로 고안한 사설탐정에게 같은 이름을 붙였다는 것."

"와, 푸푸. 넌 어떻게 그런 이름들을 다 기억해?"

펠릭스는 허공에 대고 몇 번 주먹질을 했다.

"시작할까?"

"어떤 사건부터?"

펠릭스가 생각했다.

"14세 소년 살인 사건. 우리가 범인을 오래전부터 주시하고 있었는데 도망쳤어. 지금 우리가 그놈을 잡으려고 해. 하지만 조심해. 놈은 무장했어."

96.

숲을 지나는 구간은 고르지 않고 나뭇잎으로 가득하다. 가끔 위장에서 허기가 올라온다. 뭘 먹었어야 했다. 하지만 일단은 이 범죄자를 뒤쫓아야 한다. 놈이 뒤돌아 우리에게 총을 쏠 경우엔 나무들이 기가 막힌 엄폐물이 되어 준다. 놈에게는 가망이 없다. 우리는 이 멍청이 따위는 문제도 안 되게 빠르니까.

방법은 늘 두 가지다. 사무실에 처박혀 서류를 들여다보든가 아니면 밖으로 나가서 놈을 덮치고 사건을 해결하는 것이다. 뱃속의 분노가 벌써 아까부터 계속 끓어오르고 있다.

97.

"조심해, 오른쪽에서 공격이야!"

푸푸가 마른 나뭇잎에 몸을 던진 뒤 쓰러진 나무의 거대한 뿌리 뒤에서 숨을 곳을 찾았다. 펠릭스는 가까운 나무를 엄폐물 삼아 왼쪽으로 살금 살금 이동한 뒤 눈앞에서 벌어지는 일을 지켜보았다. 둘은 느린 속도로 계속 언덕을 올라갔다. 언덕 꼭대기 뒤에 무엇이 있는지 보이지 않아 사태를 파악하기가 불가능했다. 두 추격자는 수배자가 도망칠 기회를 주지 않으려고 양쪽에서 조심스럽게 접근했다. 발밑에서 나뭇가지가 부러질 때마다 펠릭스는 나무 뒤로 풀쩍 뛰어가 기다렸다. 몇 걸음을 더 올라간 뒤 언덕 꼭대기에 도달하자 오른쪽에 멋진 호수 전망이 펼쳐졌다. 멀리 어딘가에서 톱으로 무언가를 써는 소리가 들렸다. 새들이 노래했다.

그런데 저게 뭐지? 펠릭스는 몇 미터 앞 썩은 나뭇가지와 성긴 덤불 뒤에 있는 그림자를 보았다. 그는 당장 멈춰 선 뒤 자신이 엄폐물로 삼은 나무껍질 옆에서 조심스럽게 그쪽을 건너다보았다. 푸푸는 조금 더 달리다 다른 나무 뒤에서 멈췄다. 푸푸도 이 그림자를 보았을까? 그런 것 같지는 않았다. 푸푸는 자기를 따라오라는 팔짓을 했다. 그러나 펠릭스는 나무 뒤에 서서 계속 그곳을 응시했다. 그 수상한 그림자가 여기에서까지 자신을 기다리고 있는 걸까? 또 위장에서 메스꺼움이 올라오는 게 확연히 느껴졌다. 펠릭스가 움직임을 감지했다. 그놈이었다. 그놈은 어디에나 있었다. 그놈은 펠릭스를 놓아주지 않았다.

98.

'그것'이 번개처럼 펠릭스의 목을 움켜쥔 탓에 그는 숨을 쉴 수 없었다. 심장이 너무 세게 뛰어 귓속까지 두근거리는 게 느껴졌고, 곧 이러다 실신하겠다는 생각이 잠깐 들었다. 다음 순간 필사적인 힘이 그를 사로잡았다. 펠릭스는 숨을 크게 들이마시고 엄폐물 밖으로 튀어 나가면서 목이 찢어져라 비명을 질렀다. 세 번 껑충 뛰어 그쪽으로 다가간 그는 정신없이 그림자를 두들겨 패기 시작했다. 바닥에 있던 마른 나뭇잎들이 공중에서 소용돌이쳤고 뼈가 부러지는 듯한 소리가 났다.

99.

이빌어먹을개자식내가널때려죽일거야이비열하고더러운자식넌나를어쩌지못해넌못해

100.

"펠릭스, 너 미쳤어? 거기서 뭐 해? 그만해!"

푸푸가 두 팔로 펠릭스를 부둥켜안고 옆으로 끌어냈다. 펠릭스는 다시 허공에 발길질을 했지만 푸푸가 그를 붙들고 바닥으로 밀쳐 냈다. 썩은 뿌리의 잔해가 조각난 채 주위에 널브러져 있었다.

펠릭스가 몇 초간 가쁜 숨을 몰아쉬었다. 푸푸가 움켜쥐었던 손을 풀자 펠릭스는 단번에 그에게서 벗어났다. 그리고 벌떡 일어나 다시 고함

을 질렀다. 숲 아래 호수까지 울린 그 소리에 숲 바깥의 보행자들까지 잠시 귀를 쫑긋했다. 그 뒤에, 펠릭스는 도망쳤다. 숲을 가로질러 달리니 덤불 속 나뭇잎과 잔가지들이 옆으로 흩날렸다.

펠릭스는 계속 달렸다. 얼굴에 눈물이 흐르는 것도 몰랐다. 이상하게 자유로운 기분이 들었다. 갑자기 속에서 힘이 느껴졌다. 물속에서 호흡하기. 수영장 가장자리를 터치하고, 숨을 들이마시고, 턴을 하고, 반대편으로 돌아가고, 물과 하나가 되고, 자기 자신과 하나가 되기. 지칠 때까지. 달리면서 펠릭스는 수영하던 때의 기분을 느꼈다. 그 힘은 펠릭스의 머리카락 끝까지 활기를 불어넣었다. 그는 뭔가를 할 수 있었다. 그는 피해자가 아니었다. 그는 반격할 수 있었다. 그가 본 것이 자신의 두려움이라고 해도. 기분이 너무 좋았다.

펠릭스는 자신의 옛 모습이 완전히 사라지지 않았다는 걸 느꼈다. 그것은 여전히 그의 내면에 들어 있었다.

펠릭스는 숲을 가로질러 어제 알바와 왔던 곳으로 가기 위해 왼쪽으로 방향을 틀었다. 금세 방목장이 눈에 들어왔다. 폰토스는 울타리에 서 있다가 펠릭스를 알아보고 고개를 들었다. 펠릭스가 두 팔로 목을 감싸고 얼굴을 털에 갖다 대는 동안 폰토스는 참을성 있게 서 있었다.

펠릭스의 가슴에서 느껴지는 심장 박동이 서서히 진정될 때까지 그들은 몇 분 동안이나 그렇게 나란히 서 있었다. 펠릭스는 한 손으로 윤기나는 말의 갈색 털을 쓰다듬고 손가락으로 텁수룩한 갈기를 훑어 내렸다. 폰토스가 나지막한 소리를 내며 펠릭스의 뺨에 코를 대고 킁킁거렸고 펠릭스는 간지러워 뒤로 물러났다. 펠릭스는 몸을 굽혀 풀을 한 움큼 뽑아 폰토스에게 내밀었다. 그러곤 울타리 문을 열고 방목장 안으로 들어갔다. 바짝 옆에 붙어 있게 된 폰토스는 펠릭스가 이끄는 대로 보호소가 있는 목초지로 갔다. 펠릭스는 의자를 가져와 말 등에 올라탔다. 너무 쉬웠다. 그러나 달릴 생각은 없었다. 그저 폰토스와 가까이 있고 싶었다. 그는 몸을 조심스럽게 앞으로 숙여 말의 등과 목에 밀착시키고 팔은 말의 가슴께까지 내려뜨렸다.

101.

폰토스, 너한테서는 좋은 냄새가 나고 네 털은 아주 따뜻하고 부드러워. 네 근육의 힘줄 하나하나가 다 느껴져. 나는 전혀 두렵지 않아. 네 옆에 있으면 안전하니까. 너는 내게 나쁜 짓도 하지 않고 배신하지도 않을 거야. 그건 내가 알아. 너는 100퍼센트 믿을 수 있는 녀석이야. 너는 이 세상 그 어떤 사람보다 나를 더 잘 지켜 줄 거야. 내가 허튼짓을 했다는 걸 알아. 그걸 두들겨 팬 건 잘못이지만 그래도 좋았어. 나를 망치려는 모든 것을 속에서 털어내야 했어. 너도 알잖아. 그래도 여전히 중요한 질문이 남아 있어. 이제 나는 무얼 해야 할까? 내 인생에서 모든 괴물이 사라졌으면 좋겠어! 하지만 그게 어떻게 가능할까?

102.

"펠릭스?"

엄마 목소리를 듣고서야 펠릭스는 자신이 외출 금지 상태에 있다가 방 창문을 통해 집을 빠져나갔던 일이 떠올랐다. 지금 그는 대문을 지나 다시 집으로 들어왔다. 엄마가 당장 펠릭스의 앞에 와서 섰다.

"말해 봐, 너 나사가 빠진 거야 뭐야? 이제 내 말은 말 같지도 않다 이거야?"

펠릭스는 신발을 벗어서 복도 한쪽 구석에 처박았다.

"조깅하러 갔었어요! 진정하세요."

그는 엄마 옆을 지나 부엌으로 들어가 물을 한 잔 들이켰다. 엄마가 득달같이 따라왔다.

"진정하라고? 밤새 근무하고 와서 일요일 오후에 본다는 게 겨우 이런…… 이런……."

"하라는 대로 하지 않는 개망나니요."

"말 잘했다!"

펠릭스는 물을 한 잔 더 가득 따라 마시고 부엌 창문으로 밖을 내다보았다.

"이제 뭘 해야 좋을지 더는 모르겠어. 지금 벌어지는 일들은 사소한 게 아니야. 넌 나한테 거짓말을 하고 뒤에서 내가 모르는 일을 하고 있잖아. 또 무슨 사건이 벌어질지 누가 알겠어? 혹시 내일 경찰이 문 앞에 와서 서 있을지! 너 무슨 나쁜 패거리에 휩쓸려 들어갔어? 그 사람들이 너를 나쁜 길로 끌어들이는 거니?"

펠릭스는 유리잔을 탁자에 탁 하고 내려놓았다.

"그럼요. 나치, 약쟁이, 깡패, 대마 골초, 사이비. 이 중에 뭐게요?"

엄마가 주먹을 쥐었다.

"네가 얼마나 꽉 막힌 애처럼 구는지 알기나 하니? 나랑 얘기는 좀 할 수 있잖아!"

"물론이죠!"

펠릭스는 엄마를 그대로 세워 둔 채 부엌에서 나갔다.

"맙소사, 너한테서 냄새나."

샤워하러 계단을 올라가던 펠릭스의 귀에 엄마의 말이 들렸다.

103.

새로운 월요일. 펠릭스는 어깨에 배낭을 메고 재킷 주머니를 다시 만져 보았다. 출력해 접어 놓은 지도가 들어 있었다. 그는 방문 자물쇠에 꽂혀 있던 열쇠로 방을 잠그고 열쇠를 바지 주머니에 넣었다. 그리고 조용히 계단을 내려왔다. 엄마는 아직 자고 있었다.

펠릭스는 뒤돌아보지 않고 현관문을 닫은 후 집을 떠났다.

104.

"안녕하세요, 베르크만 부인. 와 주셔서 반갑습니다. 앉으시죠."

펠릭스의 엄마는 자리에 앉아 테슈너 선생님을 바라보고 씁쓸하게 웃었다. 그리고 의자 위치를 조금 조정했다. 핸드백은 무릎 위에 올려 놓았다. 손가락이 얼음처럼 차갑다고 느낀 뒤에는 핸드백을 옆쪽 바닥에 내려놓고 두 손을 스웨터 솔기로 감쌌다.

"그래, 무슨 일로 오셨습니까? 펠릭스 일로 말씀 나누고 싶으시다고요?"

"네, 맞아요. 걱정이 돼서요."

테슈너 선생님은 교사 수첩의 항목들을 들여다본 뒤 흘끗 위를 올려다보았다. 그의 시선이 베르크만 부인의 오른쪽 귀 어딘가에 머물렀다.

"음, 사실은 걱정하실 필요 없습니다. 펠릭스는 평범한 학생 중 한 명이에요. 정말 우수한 학생 축에 낄 수도 있을 텐데 안타깝게도 게으르고 노력을 안 하는군요. 각 과목에서, 특히 수학에서 한두 등급 올리는 것은 쉬울 거예요."

펠릭스의 엄마는 성적 때문에 상담을 요청한 것이 아니었다.

"아이가 정상이라고 보세요?"

선생님이 놀란 표정으로 펠릭스의 엄마를 바라보았다.

"'정상'이라는 게 무슨 뜻이죠?"

펠릭스의 엄마는 손에 경련이 일 정도로 스웨터 솔기를 꽉 쥐었다. 손은 여전히 따뜻해지지 않았다.

"펠릭스가 어디가 이상한가요? 평소와 다릅니까?"

테슈너 선생님은 잠시 생각에 잠겼다가 말을 이었다.

"제 생각에 펠릭스는 여느 때와 같아요. 성적에 조금 진전이 없기는 해도 말이죠. 그래도 조용한 남학생 중 한 명이에요. 왜 그런 질문을 하시는 거죠? 집에서는 어떤데요?"

베르크만 부인은 바닥을 내려다보았다가 다시 선생님이 앉아 있는 쪽을 쳐다보았다.

"모르겠어요. 종잡을 수가 없어요. 예전과 똑같다가도 갑자기 아주 사소한 일로 화를 내고 험악한 소리를 해요. 이젠 저와 아무 얘기도 하려고 하지 않아요. 몇 년 전부터 수영 클럽에 다녔는데 지금은 가지 않는 눈치예요. 주위에 철벽을 치고 갑옷을 단단히 입은 아이 같아요. 제가 들어갈 수 없게 말이죠."

"한창 그럴 시기잖아요. 저한테는 모든 게 정상처럼 들립니다만."

테슈너 선생님의 말에 펠릭스의 엄마가 황당하다는 표정을 지었다. 자신이 이렇게 아는 게 없을 수 있을까?

"펠릭스가 뭔가를 암시하거나 선생님을 걱정시키는 이상한 말을 하지 않았나요?"

선생님은 또 생각에 잠겼으나 떠오르는 게 없었다. 그는 펠릭스의 공격적인 행동을 본 적이 없었다. 게다가 그는 수업이 끝난 후 학생들로 꽉 들어찬 교실에서 벗어나는 걸 기쁘게 여기는 사람이었다.

"특별히 눈에 띄는 점은 없었어요. 사춘기 때문에 절망에 빠지는 사람이 많아요. 부모님도 아이들도. 너무 크게 걱정하지 마세요. 계속 대화를 해 보시고요. 아마 괜찮아질 겁니다!"

말을 마친 테슈너 선생님이 다시 한번 출석부를 들여다보다가 멈칫했다.

"그런데 펠릭스가 오늘 학교에 오지 않았군요. 어디 아픈가요?"

105.

텔레비전에서는 아무 소리도 나지 않았다.

펠릭스의 엄마는 소파에 누워 무엇을 해야 할지 생각했다. 아침에 펠릭스가 지극히 정상적으로 집에서 나가는 소리를 들었다! 그런데 어째서 아직까지 돌아오지 않는 걸까? 벌써 자정이 가까웠다. 엄마는 계속 기다려 보기로 했다. 그러다 소파에서 잠이 들었다.

한밤중에 깨어났을 때 집 안은 쥐 죽은 듯이 조용했다. 거실의 작은 전등만 켜져 있었다. 그러나 엄마는 전등을 직접 켠 기억이 없었다. 그녀는 방으로 가면서 혹시 펠릭스가 그새 집으로 돌아오지 않았을까 생각했다. 새벽 3시였다. 어쩌면 펠릭스가 들어오는 소리를 듣지 못했을지 모른다. 엄마는 펠릭스의 방문 앞에 서서 귀를 기울였다. 아무 소리도 들리지 않았다. 조심스럽게 손잡이를 밀어 보았지만 문도 열리지 않았다. 펠릭스가 왜 방문을 잠갔지? 판을 뒤집어 보겠다는 건가? 엄마는 열쇠 구멍으로 안쪽을 들여다보았다. 컴컴했다. 계속 기다려 보기로 하고 침대에 누워 다시 잠을 청했지만 뜻대로 되지 않았다.

"들어오는 소리를 내가 듣지 못한 걸 거야."

엄마가 혼잣말을 했다. 그리고 잠이 들었다.

다음 날 아침 펠릭스의 엄마가 눈을 떴을 때는 벌써 9시 30분이었다. 다행히 근무가 없는 날이었다. 이틀 동안 밤 근무를 하면 그다음 이틀은 쉬었다. 엄마는 우선 펠릭스의 방으로 갔다. 방문은 여전히 잠겨 있었다. 문을 두드렸다. 아주 다급하게. 대답이 없었다. 엄마는 아래 부엌으로 내려가 서랍을 뒤졌다. 그 문에 맞는 열쇠가 하나 더 있지 않았던가? 그러나 열쇠는 찾지 못했다.

'어떻게든 이 망할 놈의 방에 들어가야 해!' 엄마는 이렇게 생각하며 옷을 입었다. 정원으로 나가자 자작나무 꽃가루가 노란 양탄자처럼 테라스 전체를 뒤덮고 있었다. 그녀는 자신이 왜 항상 혼자 모든 것에 책임을 져야 하는지 생각했다. 그녀가 내린 결론은 쇼핑한 물건을 집으로 끌고 들어오고, 테라스를 청소하거나 펠릭스에게 신경을 쓸 '남편'이 없었기 때문이었다. 너무 불공평했다. 정말 지긋지긋하게 불공평했다!

엄마는 펠릭스의 방 창문을 올려다보고 건물 정면을 살펴보았다. 할 수 있을까? 이쪽을 보는 사람이 아무도 없기를 바라며, 빗물받이 홈통의 고정 장치에 한쪽 발을 얹어 몸을 세운 뒤 다른 발로 건물 정면의 철제 전등을 밟았다. 위로 네 발짝을 뗀 뒤 창문에 닿았지만 잠겨 있었다. 엄마는 유리창에 얼굴을 가까이 대고 안을 살폈다. 펠릭스는 없었다. 방은 이상하게도 깨끗이 치워져 있었고 침대는 정돈되어 있었다. 그리고 펠릭스의 휴대폰이 안에 있었다! 모든 게 이별을 말하는 것처럼 보였다.

엄마는 조심스럽게 홈통 아래로 내려왔다.

그녀는 무엇을 보지 못했을까? 아니면 무엇을 보고 싶지 않았을까?

다시 집으로 들어왔을 때 복도에 있는 전화가 울렸다. 그녀는 얼른 달려갔다.

"펠릭스니?"

아무 말이 없었다. 전화를 건 사람이 놀란 모양이었다.

"안녕하세요, 베르크만 부인. 저는 알바라고 해요. 펠릭스 집에 있나요? 혹시 어디 아픈가요?"

106.

경찰관은 컴퓨터 뒤에 자리를 잡고 앉아 물었다.

"아드님이 언제 사라졌습니까?"

펠릭스의 엄마는 어깨를 들썩였다.

"모르겠어요. 어제 아침 평소와 똑같이 학교에 가는 것처럼 하고 집을 나갔어요. 하지만 학교에는 가지 않았어요. 오늘도 안 갔고요."

"그럼 어제 아침부터 아드님을 못 보셨다는 말씀이군요. 하지만 그새 집에 한 번 들렀을 수도 있지 않을까요?"

이런, 이게 무슨 바보 같은 질문이지?

"모르겠습니다. 어쨌든 저는 내내 집에 있었어요."

펠릭스의 엄마가 단호하게 대답했다.

"아드님이 왔는데 부인께서 못 보신 건 아닐까요?"

"그럴 리는 없어요."

"아드님의 휴대폰으로 연락해 보셨나요? 아니면 휴대폰이 없는지요?"

맙소사.

"아뇨, 있어요. 그런데 아들 방에 있었어요."

"아드님이 찾아갈 만한 친구들이 있습니까?"

"그것도 모르겠어요. 제가 얘기해 본 아이들 모두 이틀 동안 펠릭스를 못 보았다고 하네요."

"혹시 부인께서 모르는 인물이 있을까요?"

펠릭스의 엄마는 화가 나서 벌떡 일어나 말했다.

"당연히 제가 모르는 사람들이 있겠죠! 당신은 자제분의 친구를 모두 아나요? 아니면 친구가 없습니까?"

"베르크만 부인, 진정하세요! 이해합니다. 하지만 사태가 얼마나 심각한지 파악하려면 이런 모든 상황에 대해 질문해야 합니다."

그는 잠시 말을 멈췄다.

"아드님에게 문제가 있습니까?"

펠릭스의 엄마가 한숨을 쉬었다.

"모르겠어요! 최근 들어 가까이 가기가 무척 어려웠고 마음을 터놓지 않았어요. 수년 동안 열심히 수영 훈련을 하러 다녔는데 갑자기 가지 않겠다고 했어요. 저는 전형적인 사춘기 증상이라고 생각했어요. 상당히 오랫동안 가지 않은 것 같은데 그걸 저한테 숨기려고 했어요."

경찰관은 자판을 두드리며 컴퓨터에 뭔가를 입력했다.

"수영 대신에 뭘 했는지 아십니까?"

"아니요."

다른 경찰관이 다가와 담당 경찰관에게 쪽지를 하나 건넸다. 담당 경찰관은 쪽지를 읽고 다시 펠릭스의 엄마를 쳐다보았다.

"여기에 아드님이 최근 에버트 광장에서 노숙자를 공격했다는 기록이 있군요. 여기에 대해 아시는 게 있습니까?"

"아니요! 내 아들은 싸움꾼이 아니라고요!"

펠릭스의 엄마가 화를 내며 질문을 되받아쳤다. 하지만 그 순간 자신이 아무것도, 정말 아무것도 모른다는 걸 알았다.

"아드님이 우울증 증세가 있나요?"

"아닙니다."

"자살하겠다는 생각을 표현한 적이 있나요?"

펠릭스의 엄마는 망연자실한 표정으로 경찰관을 바라보았다.

"아뇨, 한 번도 없어요."

경찰관은 계속 자판을 두드렸다. 그리고 문서를 인쇄했다.

"이것을 한번 찬찬히 읽어 보시고 그 아래에 서명해 주세요."

"그다음에는요? 그다음엔 뭘 하시죠? 펠릭스를 찾아 주시나요?"

경찰관이 일어나 실종 신고 접수가 끝났다는 신호를 보냈다.

"지금은 일단 기다려 보고, 내일 아드님 반 친구들에게 물어볼 겁니다. 곧 다시 나타나겠지요."

107.

밤은 나무와 덤불 사이로 기어들어 와 아주 작은 것까지 삼켜 버렸다. 나는 작게 움푹 패인 땅바닥에 누워 나를 붙들어 주는 이 어둠에 몸을 맡긴다. 마치 거인의 손바닥에 누운 것 같다. 폰토스는 몇 미터 떨어진 너도밤나무 아래에 서 있다. 자는 건지, 그냥 쉬고 있는 건지는 잘 모르겠다. 우리는 하루 종일 함께 다녔다. 지도가 있어서 다행이었지, 만일 없었다면 우리는 언제라도 고속도로로 들어갔을 거다. 작은 마을에서 아이들 몇 명이 우리에게 손을 흔들었다. 이 작은 숲에는 사람이 없다. 최근에 일어난 일들 때문에 기분이 계속 나빴지만 오늘은 좋은 날이었다. 무엇보다 폰토스와 함께 다녔기 때문이다. 혹시 알바가 화를 낼까? 빈스와 마리우스를 보고 용감하다고 한 그녀가 나를 인정할 이유가 없다! 아니면 내가 꿈을 꾼 걸까?

근처에서 기차가 지나간다. 기차가 빠르게 달리면 그 불빛이 잠시 밤을 찢어 놓는다. 창문들이 줄지어 만드는 밝은 띠가 먼 은하계에서 보내는 신호 같다. 모든 것이 잠들어 있어도 삶은 계속된다.

손으로 숲 바닥을 쓰다듬는다. 그냥 아무 생각이 없다. 눈을 감고 작은 돌멩이와 흙덩어리를, 모래 부스러기와 마른 나뭇잎을 구별해 본다. 묘한 녹색 냄새가 코로 올라온다. 무트샤이트의 여름밤을 상기시키는 냄새다. 할머니가 할아버지와 결혼하고 할아버지의 마을로 가서 그곳에 있는 오래된 학교 건

물에서 살겠다고 했을 때, 할머니의 부모님은 크게 화를 냈었다고 한다. 할머니는 그 이야기를 자주 들려주곤 했다.

"그곳에 가겠다고? 포장도로도 없고 죄다 진흙 길에 진창뿐인 그 무트샤이트에?"

무트샤이트라는 이름은 그렇게 해서 생겼다. '무트'가 진흙을 뜻하는 말이라서지 그곳 사람들이 별달리 용감해서가 아니다. 나는 아스팔트 포장도로만 안다. 할머니와 할아버지가 젊었던 시절의 세상은 정말 많이 다르구나. 지금 이 순간 나는 다시 할아버지가 들려준 전쟁 이야기를 떠올릴 수밖에 없다. 할아버지는 연락병으로서 한 지점에서 다른 지점으로 이동할 때 러시아 게릴라에게 잡히지 않으려고 숱하게 땅을 파고 숨었다. 그곳의 흙냄새도 여기와 똑같았을까? 그때 할아버지는 집 생각을 했을까? 다음 날 땅속에서 나왔을 때는 위험이 지나가 있었을까? 할아버지는 집으로 돌아가지 못할까 봐 두려워했을까? 할아버지가 러시아를 누빌 때 타고 다닌 말의 이름은 무엇이었을까? 할아버지에게 여쭤볼 말이 아직도 이렇게 많다! 두려움과 혼자라는 것에 대해. 그리고 '그것'을 없애려면 내가 무엇을 해야 하는지에 대해.

108.

"펠릭스가 가장 자주 어울렸던 학생들입니다."

테슈너 선생님이 교장실 옆 회의실 앞에 줄지어 앉아 있는 해먹 팀을

• 독일어로 '진흙'을 뜻하는 'Mudd'와 '용기'를 뜻하는 'Mut'는 '무트'로 발음이 같다

가리키며 말했다.

"이 교실에서 학생들에게 질문하시면 됩니다. 혹시 제 도움이 필요하
시면, 저는 바로 옆 교무실에 있겠습니다."

그는 문을 열고 작별 인사의 뜻으로 손을 들어 보인 뒤 떠났다.

경찰관 한 명이 문손잡이를 손에 쥔 채 학생들을 향해 돌아섰다.

"한 사람씩 한다, 알았지? 누가 가장 먼저 할래?"

학생들은 영문을 모르겠다는 얼굴로 서로 쳐다보았다. 빈스가 일어
나 시작했다.

• 빈스 •

"펠릭스를 마지막으로 본 건 토요일 제 파티 때예요. 그땐 다른 아이
들도 전부, 그러니까 해먹 팀도 모두 왔었어요.

갱이요? 말도 안 돼요. 우린 그냥 쉬는 시간에 모여서 함께 시간을
보내요. 가끔 학교 바깥에서도 만나지만 자주는 아니에요. 오후에는 대
부분 각자 자기 할 일을 해요. 펠릭스는 옛날부터 거의 매일 수영 훈련
을 하러 다녔기 때문에 함께 어울릴 시간이 많이 없었어요. 되게 좋은
친구예요. 대회에 나가서 우승도 많이 했고요. 멋진 애예요.

뭔가 다른 점이요? 흠, 사실 요즘엔 왠지 이상하긴 했어요. 갑자기 담
배 마는 법을 배우고 싶어 했고 가끔씩 불쑥 화를 냈어요. 그건 정말 이
상했어요. 전에는 그런 적이 한 번도 없었거든요.

걔한테 걱정거리가 있는지는 잘 모르겠어요! 무슨 걱정이요? 얼마 전

부터는 무척 말이 없었어요. 토요일 제 파티에서는 한마디도 안 했던 것 같아요. 그 대신 파티가 끝날 때 상당히 취했어요. 아이나르와 푸푸가 집까지 데려다주었는걸요."

· 아이나르 ·

"펠릭스는 좋은 친구고 뛰어난 운동선수예요. 머릿속에서 승리와 근육만 생각하지 않고 다른 것도 할 줄 아는 애예요. 예를 들면 그림도 그리고 시도 지어요. 자기 엄마와 단둘이 지내는 걸 싫어하는 것 같았어요. 모르겠어요. 거기에 대해서는 얘기하지 않았으니까요. 하지만 제가 느끼기에는 그랬어요. 아니요, 저희는 싸우진 않았어요."

· 마리우스 ·

"글쎄요, 무슨 말을 해야 하죠? 평소와 다른 점이 있었냐고요? 저는 그 애가 가끔 저를 이상하다는 듯이 곁눈으로 본다고는 느꼈어요. 자기 마음에 안 드는 뭔가가 제게 있는 것처럼 말이에요. 하지만 새삼스럽지는 않아요. 저는 펠릭스가 조금 거만하다고 생각했는데, 그건 그 애가 뛰어난 수영 선수라서 제가 좀 편견을 갖고 본 거예요. 하지만 그것 말고는, 뭐. 아, 최근에 평소보다 말이 없어지긴 했어요. 학교에 지각할 때가 많았고 비교적 과묵했어요. 누가 가까이 다가오는 걸 싫어했어요."

• 하미드 •

"펠릭스요? 저희 집에 방문한 유일한 애였어요. 우연이었지만 하여튼 그렇게 됐어요. 하지만 어쩌다 제가 기분을 상하게 해서 그냥 가 버렸어요. 걔가 느닷없이 화를 내서 당황스러웠어요. 평소에는 굉장히 순하고, 남의 말을 경청하고, 선입견도 없는 애였거든요. 토요일 파티에는 아주 늦게 와서 완전히 취했더라고요."

• 알바 •

"펠릭스를 얼마나 잘 아느냐고요? 정말 좋은 질문이에요! 제가 이 반에서 공부한 지는 6개월밖에 안 됐지만 우리는 처음부터 사이가 좋았어요. 그 애는 하는 행동들이 자연스러워요. 온순하다고 할 수 있지만 쾌활한 유형이라기보다는 진중한 편이면서도 솔직하고 친절해요. 그러니까 누구를 빨리 판단해 버리지 않아요. 믿을 수 있는 애예요. 그렇지만 실제로 펠릭스에게 다가가는 게 쉽지는 않았어요. 자신을 괴롭히는 문제에 대해 말하는 걸 좋아하지 않거든요. 그간 저는 걔한테 무슨 슬픈 일이 있다는 인상을 받았어요. 최근에는 생각이 딴 데 가 있을 때가 많았어요. 하지만 호수에서 말을 탔을 때를 생각해 보면 그때 펠릭스는 무척 행복해 보였어요. 반면에 토요일 파티에서는 철벽을 친 사람 같았어요. 우리는 한마디도 나누지 않았어요. 아니요, 걔는 떠나고 싶다는 말을 한 적이 없어요."

·푸푸·

"저는 그동안 펠릭스에게 무슨 일이 있는 건지 내내 궁금했어요. 갑자기 이상해지더니 저를 만나러 오지도 않았거든요. 휴대폰도 연락이 안 됐어요. 배터리가 나갔다는 둥 맨날 그런 말만 하고는 충전도 하지 않았고요. 처음엔 그냥 기분이 안 좋거나 집에 좋지 않은 일이 있어서 그랬을 거라고 생각했어요. 그 문제로 얘기를 나눈 적은 없어요. 그런데 며칠 전에 같이 노는데 정말 이상한 일이 있었어요. 갑자기 나무뿌리로 돌진하더니 길길이 날뛰며 뿌리를 내리쳤어요. 제정신이 아닌 것 같았다니까요. 그리고 제가 뭘 묻기도 전에 가 버렸어요."

109.

알바는 벌써 식탁에 저녁 식사를 차렸다. 부모님은 집에 없었지만, 가만히 앉아 있을 수가 없었기 때문이다. 두려웠다. 그건 꺼질 생각이 없는 엔진처럼 뱃속에서 아우성치는 두려움이었다. 폰토스는 어디에 있을까? 그리고 펠릭스는 어디에 있을까? 알바의 생각은 이 두 의문을 가운데 두고 끊임없이 맴돌았다. 사흘 전부터 알바는 오후가 되면 호수 둘레를 걸으며 폰토스를 찾아다녔다. 폰토스 사진을 넣고 '폰토스를 보신 분 있나요?'라고 적은 전단지를 나무에 붙였다. 하지만 지금까지 아무에게도 연락이 오지 않았다. 집에서는 엄마가 아빠에게 남을 너무 쉽게 믿었다고 비난하면서 큰 소리로 언쟁이 벌어졌다.

"내가 당신한테 늘 그랬지. 그 말을 지키는 사람도 없이 거기 목초지에 그냥 세워 두면 안 된다고!"

엄마가 언성을 높였다. 그런데 누가 말을 훔쳐 갔을까? 말을 집 차고에 숨겨 둘 수는 없는 일 아닌가!

알바는 빨간색 소파에 앉아 신문을 읽으려다 금방 다시 일어나 창문으로 가서 정원을 내다보았다. 그러곤 멈칫했다. 율리우스는 왜 울타리 옆의 낡은 정원 의자에 아무렇게나 주저앉아 손으로 머리를 감싸고 있을까? 그는 오후 내내 집에 없었다. 원래는 오래전에 끝냈어야 할 연못 일을 계속할 계획이었다.

알바가 밖으로 나갔다.

"율리, 무슨 일이야? 지금까지 어디에 있었어?"

율리우스가 몸을 일으켰다. 그는 여동생을 잠시 쳐다본 뒤 정원을 바라보았다.

"경찰서에 갔었어."

"폰토스 때문에? 무슨 소식 있어?"

"아니. 펠릭스 때문에."

알바는 무슨 말인지 전혀 이해할 수 없어 이마를 찌푸렸다.

"펠릭스 때문이라고? 오빠는 그 애를 딱 한 번밖에 안 봤잖아!"

율리우스는 흔들거리는 의자에서 불편하게 움직이며 시선을 내린 채 제 무릎을 바라보았다.

"나도 그 수영 클럽에 다녔던 거 기억나?"

알바는 정원 의자를 하나 더 가져와 오빠와 마주 보고 앉았다.

"응, 그런데?"

율리우스가 망설였다.

"그때도 벨러가 코치였어."

이런저런 생각들이 머릿속을 정신없이 지나갔지만 그래도 알바는 무슨 영문인지 알 수가 없었다.

"참, 아니 얘기 한번 어렵게 하네! 그게 무슨 뜻이야?"

율리우스가 몸을 뒤틀었다. 오랜 시간이 지났지만, 지금도 그는 여전히 적절한 말을 찾느라 더듬거렸다.

"그 사람이 나를 만졌어."

알바는 무슨 말인지 몰라 멍하니 오빠를 쳐다보았다.

"자기 성기를 내 손에 밀어 넣었어. 한 번이 아니었어."

알바는 얼굴을 두 손에 묻고 고개를 흔들었다.

"어떻게 그럴 수가 있어!"

알바가 당황한 표정으로 오빠를 바라보았다. 이내 눈물이 핑 돈 알바는 자리에서 일어나 율리우스의 머리와 어깨를 감싸 안은 채 그의 머리칼에 얼굴을 파묻고 울었다.

"불쌍한 우리 오빠!"

둘은 한동안 그렇게 나란히 부둥켜안고 있다가 다시 떨어져 앉았다. 이윽고 알바가 다시 자리에 앉아 두 손으로 오빠의 손을 잡았다.

"오빠가 그때 갑자기 수영을 그만둔 이유에 대해 우리가 이야기를 나눴던 기억이 없어."

"말하기가 꺼려지는 문제니까! 물론 엄마와 아빠는 알고 계셨고 벨러 코치에게 해명을 요구했지만 그는 모든 걸 부인했어. 모든 게 오해였다는 거야."

"그럼 그땐 경찰에 가지 않았어?"

율리우스가 고개를 저었다.

"엄마와 아빠는 나를 즉시 클럽에서 데리고 나왔고 그걸로 상황은 끝났어."

알바는 이 모든 걸 아직도 믿을 수가 없었다.

"하지만 나한테는 어느 때라도 이야기해 줄 수 있었잖아!"

율리우스는 동생을 바라보았다.

"그게 저녁 식사 자리에서 어쩌다가 나올 수 있는 화제라고 생각해? 솔직히 말하면 난 그 얘기를 안 했던 게 다행이야."

알바는 무척이나 당혹스러운 와중에도 점차 분노가 치미는 것을 느꼈다.

"하지만 계속 수영 클럽을 다니는 다른 아이들 생각은 전혀 해 보지 않았어?"

그러곤 알바는 다시 흐느끼기 시작했다. 그녀는 펠릭스와 그동안 펠릭스가 혼자 감당했을 것들을 떠올렸다. 얼마나 외로웠을까. 얼마나 끔찍하게 외로웠을까. 알바는 갑자기 폰토스가 펠릭스와 함께 있었으면 하고 간절히 바랐다.

110.

할아버지의 전화는 목요일 오후 5시쯤 왔다. 펠릭스의 엄마는 이틀간 아무것도 먹지 못했고 직장에도 가지 않았다.

"막달레나, 펠릭스가 우리하고 같이 있어! 방금 도착했어. 피곤하고 지저분해 보이지만 건강해. 너희 엄마가 앞마당에서 시든 수선화를 잘라 버리고 있는데 잘생긴 말을 타고 마을 길을 따라 오더라고. 혼자 보기 아깝더구나! 잠시 시간을 거슬러 올라가 75년 전의 나를 보는 줄 알았어."

펠릭스의 엄마는 자신이 부친의 말을 제대로 알아들었는지 확신이 서지 않았다.

"말이라니요? 무슨 말이요? 펠릭스랑 통화할 수 있어요?"

"아니, 지금은 그냥 내버려 둬라. 며칠 시간을 줘. 펠릭스는 지금 휴식이 필요해. 그다음에 연락할 거야. 잘 있으니까 안심하고 있어라."

111.

창문이 활짝 열려 있다. 방 전체가 숲 냄새로 가득하다. 내 마음속에 어마어마한 편안함이 퍼져 나간다. 너무 피곤해서만은 아니다.

할아버지가 이 냄새를 왜 그토록 좋아하는지 이제 알 것 같다. 다음 날 살아남지 못할까 두려웠던 청년 시절의 그에게 희망을 주었던 거다. 나무들은 굽어도 흔들림 없이 꼿꼿하게 서 있다. 그럴 수밖에 없다. 이유는 모르지만 그런 나무들이 왠지 용기를 준다.

할아버지가 내 옆에 누워 코를 곤다. 잠들기 전에는 내 손을 잡고 말했다.

"물론 나는 너를 믿어!"

112.

알바가 금요일 아침 학교에 도착했을 때 다른 아이들은 벌써 운동장으로 들어가는 정문에 모여 있었다. 알바는 빈스를 껴안았다. 그러자 다시 울고 싶은 기분이 들었다.

"세상에, 너무나 기쁘다."

알바가 자기보다 머리 하나 정도 키가 작은 빈스를 껴안은 팔에 힘을 주며 말했다.

"나도."

옆에 서 있던 하미드가 중얼거렸다.

"다 끝나서 다행이야."

아이나르가 이렇게 말하고 크게 숨을 내쉬었다.

푸푸는 두 팔을 들었다가 다시 내려뜨렸다.

"왜 우리한테 한마디도 하지 않았을까?"

"나였다면 그 자식 얼굴을 한 대 갈겼을 거야."

마리우스가 흥분해서 말했다.

"아, 그래?"

알바가 화난 얼굴로 그를 바라보았다.

"무슨 일이 있는지 우리가 걔한테 좀 더 물어봤어야 했어. 운동선수가 갑자기 담배에 손을 대기 시작했잖아!"

빈스가 고개를 절레절레 흔들며 말했다. 모두 무슨 말을 해야 좋을지 몰라 다소 멋쩍은 표정을 지었다.

그때 유리가 운동장으로 들어와 아이들 옆에 와서 멈춰 서더니 신나서 외쳤다.

"내가 너희한테 그랬잖아. 펠릭스는 미국에 가지 않았어. 그냥 집에 있고 싶지 않았을 뿐이야."

113.

일주일 뒤 이런 뉴스가 일간지 지역 소식란에 실렸다.

'수영 코치, 학대 혐의로 지역사회에 파문 — 블라이머스하겐 스포츠 클럽의 아동 및 청소년 팀을 오랫동안 지도해 온 클라우스 벨러 코치가 수영 클럽 이사회에 의해 즉시 해고되었다. 최근 그에 대한 성폭행 의혹이 여러 방면에서 제기된 바 있다. 경찰은 추가 조사에 들어갔다.'

114.

수요일 2교시 쉬는 시간, 아이나르가 흡연 구역에 왔을 때 다른 아이들은 이미 와 있었다. 아이나르는 종이 한 장을 허공에 흔들며 활짝 웃었다.

"허락받았어!"

아이나르가 외쳤다. 흡연 구역에서 환호성이 터져 나왔다.

"교장 선생님이 아주 좋아하셨어. 펠릭스의 그림에 완전히 설득당하셨어. 그리고 우리가 모든 걸 자발적으로 하려는 것도 당연히 점수를 땄지."

마리우스는 빈스가 그걸 혼자 해낸 것처럼 그의 어깨를 두드렸다.

"마침내 해냈구나!"

"교장 선생님이 결정을 내리기까지 시간이 꽤 걸렸네."

알바의 기쁨은 다른 아이들만큼 크지 않았다.

"중요한 건 일이 잘 풀렸다는 거야. 우리가 꽃이나 나무를 심고 싶을 때 돈이 필요하면 신청해야 해. 학교는 그런 미화 활동에 돈을 지원할 수 있거든."

"아쉽다!"

"알바, 너는 왜 좋아하지 않아?"

"아, 좋기는 해. 하지만 펠릭스 없이 이 모든 걸 한다는 게 이상해서. 너희는 그런 생각 안 들어?"

잠깐 정적이 감돌다가 하미드가 말했다.

"걔가 여기에 없기는 하지만 그래도 어떤 식으로든 있는 거나 마찬가지야. 안 그래?"

"펠릭스에게 사진을 보내는 거야!"

"맞아. 삽질할 때마다!"

빈스가 외치며 웃었다.

"아마 펠릭스는 이 일을 하지 않게 돼서 아주 좋아할지 몰라."

마리우스가 한마디 거들자 빈스가 그의 옆구리를 찔렀다.

"네가 펠릭스 몫을 대신해야 할 것 같은데!"

115.

조부모님은 낮잠을 자려고 정원에 있는 나무 아래로 갔다. 펠릭스는 거실 창문 너머로 두 사람이 누워 있는 것을 보고, 한 시간 전부터 바지 주머니 속에서 허벅지를 따끔따끔 찔러대던 편지를 꺼냈다. 그는 편지봉투를 이리저리 살펴보고 앞면과 뒷면에 또박또박 적힌 굵은 글자들을 훑어보았다. 초록색 잉크였다! 누가 그녀에게 이곳 주소를 알려 준 걸까?

심장이 뛰는 소리가 목까지 올라왔다. 펠릭스는 알바가 퍼부을 만한 모든 끔찍한 비난을 상상했다. 정말 이걸 다 읽어야 할까? 그러면서도 그는 봉투를 열고 싶어 견딜 수가 없었다. 모든 것에는 다른 측면이 있다고 언젠가 그 애가 말하지 않았던가? 펠릭스는 칼을 들고 종이 가장자리를 잘랐다.

116.

펠릭스에게

편지라는 걸 받아 본 지가 오래되었을 거야. 그렇지? 정말 구식이긴 하지만 가끔 이게 유일한 방법일 때가 있어.

네게 편지를 쓰는 게 바보 같다고 생각하지 않았으면 좋겠어. 다른 방법이 없었어. 네게 반드시 편지를 써야 했으니까! 계속 침묵할 수는 없는 일이야. 그곳 주소는 너희 어머니가 알려 주셨어.

우리는 모두 큰 충격을 받았어. 무엇보다 네가 오랫동안 그 모든 일로 고통스러워했다는 것에 대해서. 그걸 어떻게 견뎌 냈니?

나는 네가 폰토스를 데리고 가서 매우 기뻐. 적어도 너는 완전히 혼자가 아니잖아. 그건 그렇고, 걱정은 안 해도 돼. 폰토스 일로 너에게 화낼 사람은 없으니까. 아빠의 승마 치료는 어차피 아직 시작도 하지 않았어. 그리고 나는 폰토스가 네 곁에 있는 게 더 좋다고 생각해. 네가 나보다 폰토스와 더 많은 시간을 보낼 수 있을 테니까.

너 때문에 많이 걱정했어. 아무것도 알아채지 못한 것에 대해 사과해도 될까? 잘 모르겠지만, 네가 허락한다면 기꺼이 사과하고 싶어. 그렇지만 사람의 머릿속을 들여다볼 수는 없어! 대부분의 사람들은 그런대로 괜찮지만 어떤 이들은 아주 어리석지.

사실 이걸 제일 말해 주고 싶었어. 그 수영 코치가 감옥에 가게 돼서 우리는 모두 잘됐다고 생각하고 있어. 그 사람, 감옥에 가는 거 맞지? 너

그거 아니? 코치에 관한 단서를 경찰에 알린 사람이 우리 오빠라는 거? 오빠는 코치를 예전부터 알고 있었어. 이 얘기는 나중에 오빠한테 직접 들을 수 있을 거야.

우선 지금은 푹 쉬어! 나는 네가 매일 정원에 앉아 있거나 숲에서 산책하는 모습을 상상해. 맨날 장작만 팰 수는 없는 거니까.

어쨌든 우리는 모두 네가 다시 우리 곁에 돌아올 때를 기다리고 있어! 해먹 작업이 기가 막히게 착착 진행되고 있어. 그렇지만 너 없이 기념식을 하지는 않을 거야!

잘 지내. 안녕.

알바

117.

역시 알바답다! 정말 고정관념을 깨는 사고방식의 전문가다. 아주 세심하게 물어보지 않은 것이 자기 잘못인 양 생각하다니! 그림자 괴물이 내 숨통을 조이면 말을 하는 게 불가능해. 나 때문에 걱정했다고? 믿기지 않는다. 나 때문이라니! 지금 나는 알바의 편지를 세 번이나 읽었는데도 아직 멈추고 싶지 않다. 이런 친구들이 있다는 게 기분이 좋다. 덕분에 '꽃동네'도 좋게 느껴진다.

할머니와 할아버지는 아직 낮잠을 주무신다. 알바에게 답장을 써 보낼 수 있을 것 같다.

알바에게

편지를 받는 건 신나는 일이야! 특히 네가 보낸 편지라면 더욱더.

너희에게 걱정을 끼칠 생각은 없었어. 아마 너도 알 거야. 하지만 나는 그냥 떠날 수밖에 없었어. 폰토스 일로 화를 내지 않아 줘서 고마워. 여기 무트샤이트에 사는 사람들은 모두 폰토스를 좋아해. 오후가 되면 때때로 마을 아이들이 폰토스를 보러 와. 그러면 우리는 숲 주변을 한 바퀴 돌아. 폰토스도 그걸 좋아하는 것 같아. 그건 그렇고 나는 정원에 앉아 있을 시간이 별로 없어. 여름방학 전까지는 근처 도시에 있는 학교에 다녀야 해. 너무 많은 걸 놓치면 안 되니까. 그리고 일주일에 한 번 상담사를 만나러 가(폰토스 없이). 너희 아버지 말이 맞아. 심리 상담을 받는다고 약한 사람인 건 아니라는 말! 또 여기로 이사 온 지 얼마 안 된 예술가가 있는데, 작품에 필요한 글자를 톱으로 자르거나 칠을 할 때 내가 도와주고 있어. 매주 울타리에 새로운 문장을 만들어 꽂아 놓거든. 어제부터는 이런 문장이 붙어 있어. '당신의 꿈에는 얼마나 많은 공간이 필요합니까?'

언제 한번 여기에 오지 않을래? 지금 거울 주제에 관해 아이디어가 하나 떠올랐거든. 어쩌면 네 도움이 필요할지도 몰라.

해먹에 있는 아이들과 그 밖의 모든 사람들에게 안부 전해 줘.

펠릭스

*추신: 여기 마을에 사는 이웃 중에 말 운반용 트레일러를 가지고 있는 사람이 있어. 그 사람이 다음 주에 폰토스를 데려다줄 수 있을 거야.

118.

펠릭스가 정원의 나무들 사이에 등불을 거는 순간 할아버지의 100세 생일을 위한 만반의 준비가 사실상 끝났다. 마을 사람들은 각자 하나씩 가져온 테이블을 할머니와 할아버지의 정원 잔디 위에 모아 커다란 사각형으로 배치했다. 하얀 식탁보는 내일 아침에 깔 예정이었다. 펠릭스의 엄마가 지하실 계단에서 올라왔다. 그녀가 장식한 100개의 작은 꽃병들이 오이피클, 작년에 만든 잼과 함께 식탁에 올라가기만을 기다리고 있었다. 지하실이 서늘해서 모두 신선하게 유지되었다.

"근사하다. 네가 등불을 달자고 한 건 좋은 아이디어였어. 내일은 분명히 멋진 날이 될 거야. 우리 모두 끝까지 잘 견뎌 냈으면 좋겠어. 엄만 너무 피곤하다! 너는 안 그래?"

엄마가 펠릭스 옆에 있는 정원 의자에 털썩 주저앉아 말했다.

"이거. 너한테 전해 달라더라."

엄마는 펠릭스에게 봉투를 건네고는 다시 느릿느릿 일어났다.

"엄만 샤워하러 간다. 이따 보자."

편지가 또 오다니!

펠릭스는 봉투에 쓰인 제 이름을 바라보았다. 받는 주소는 목련 길로 되어 있었다.

뒷면에는 'K.-J. 달마이어' 라고 적혀 있었다.

사랑하는 펠릭스

모든 선생님을 대신해서, 그러나 무엇보다 나 자신의 이름으로 네게 편지를 쓴다. 우선 뭐라고 말로 하기 힘든 그 모든 일을 겪은 네가 편히 지내고 있기를 바란다! 오늘은 다행히 네게 할 말이 생각났지만 그래도 입에 올리기가 쉽지 않구나. 성추행이라든지 성폭력 같은 용어에는 늘 곤혹스러움이 붙어 다니지. 성에 대해 우리는 평소에도 잘 이야기하지 않고 보통 그럴 필요성도 못 느끼잖아. 그건 대단히 사적이고 개인적인 일이니까. 그러나 폭력과 침해에 대해서는, 비록 힘은 들겠지만 반드시 이야기해야 해.

'피해자'가 되고 싶어 하는 사람은 아무도 없단다. 더욱이 너의 믿음을 악용하고 네가 자발적으로는 결코 하지 않았을 행동을 네게 강요한 사람으로부터는 더더욱 그럴 거야.

뭔가가 치유되려면 일어난 사건에 대해 말하는 것이 대단히 중요해. 그건 너도 잘 알고 있을 거야. 이건 단지 너뿐만 아니라 다른 사람들을 위해서도 중요한 일이야. 그래야 어떤 상황에서 조심해야 하는지 알게 되니까. 비슷한 상황에 처했을 때 정확히 관찰하고 자신을 방어할 수 있도록 용기를 주기 위해서도 필요한 일이야.

그때의 느낌이 자꾸만 네게 떠오를 거라는 걸 알아. 그래서 해 주고 싶은 말이 하나 더 있어. 그건 너의 잘못이 아니라는 거야. 혹시라도 의심스러운 마음이 자꾸 들거든 줄기차게 너 자신에게 말하렴. 그건 너의 잘못이 아니라고!

이제 몸을 잘 추슬러 회복하기 바란다.

학교에 다시 돌아오기를 기다리마.

평안히 지내거라.

너의 선생님, 카를요제프 달마이어

119.

기차가 연착한다. 우리는 또 역과 역 사이에 서 있다. 신호 고장이라는 방송이 나온다. 기차는 느릿느릿 역으로 접근한다. 엄마가 역까지 나를 자동차로 데리러 오고 싶어 했지만 근무를 해야 했다. 이것도 나쁘지 않다. 어차피 혼자 돌아가고 싶었다. 떠날 때도 혼자였지 않은가. 할아버지가 생일 파티 때 자리에서 일어나 잔을 높이 들던 모습이 자꾸 떠오른다. 정원에 있던 많은 손님들이 하던 이야기를 멈추고 할아버지의 이야기를 기다렸다. 할아버지가 손을 어찌나 떨던지! 나는 포도주가 몽땅 쏟아지겠다고 생각했다. 그러나 할아버지가 이야기를 시작하자 아무도 그의 손에 신경 쓰지 않았다. 할아버지는 감사의 말을 했다.

"어찌 이토록 오래 살 수가 있을까요! 이게 행운인지 형벌인지 모르겠어요. 오랫동안 살아오면서 이런 생각을 자주 했어요. 이제 나는 끝에 다다랐구나. 이제는 아무것도 하지 않으련다. 그러다 또 살게 되었고 심지어 사는 게 정말 좋더군요. 미친 거 아닙니까! 삶이란 끔찍하고, 이상하고, 아름다워요. 무엇보다 삶은 우리가 가지고 있는 유일한 것이에요. 그러니 견뎌 내고 계속 살아갈 필요가 있어요. 어딘가에서 행복이 고개 내밀기를 기다리고 있기 때문이에요. 오늘 여러분을 바라보고 있으면 지금이 행복한 순간인 게 분명해요. 모두들 고맙습니다. 그리고 특히……."

순간 나는 울음이 나왔지만 많은 손님들의 박수 소리에 묻혀 아무도 눈치채지 못했다. 엄마도 눈물을 흘렸다. 그 순간 우리 둘은 같은 생각을 했다고 믿는다. '부디 할아버지가 오래오래 사시기를!' 할아버지의 100번째 생일은 결코 잊지 못할 것이다. 그러나 나는 할머니와 할아버지 곁에 영원히 머무를 수 없다. 그건 분명한 사실이다. 해먹 팀 친구들이 보고 싶고 유리도 그립다. 달마이어 선생님과 엄마를 볼 날이 기다려진다. 엄마는 나를 보러 일주일에 한 번 무트샤이트에 왔다. 처음에 엄마는 무척 낙담하고 심하게 자책했다. 내가 수영 클럽에 가지 않으려던 걸 심각하게 받아들이지 않았기 때문이다. 이후 엄마는 내가 심리 상담사를 만나러 갈 때 함께 갔다. 그게 도움이 되었다. 사라진 아빠 문제에 있어서도 그랬다. 정신과 의사는 그 '사각지대'가 우리 삶을 망칠 수 있다고 했다.

드디어 기차가 다시 움직인다! 2개월이 아니라 2년이 흐른 것 같다. 그간 일어났던 모든 일을 다시 가까이에서 마주한다고 해도 나는 집이 기다려진다. 솔직히 말하면 괴물이 아직도 우리 집 바닥 틈새 어딘가에 숨어 있을까 봐 조금 두렵다. 괴물이 지난 몇 주간 한 번이라도 나타났다 해도 나는 그것을 안개 속에서만 보았을 것이다. 이젠 거기에 그대로 있거나 아예 다시는 나타나지 않으면 좋겠다. 과연 가능할까?

이제 열차가 역으로 들어간다. 나를 데리러 나온 사람이 있을지 모르겠다.

이렇게 연착했는데 기다리는 사람이 있을 리가 없지. 아닌가? 있네! 믿을 수가 없다. 정말 모두가 나왔다. 빈스와 마리우스, 그리고 아이나르와 푸푸도 당연히. 하미드는 나를 오래도록 안아 주었고 알바, 어디에도 비할 데 없는 알바가 태양처럼 환히 웃는다. 나는 마른침을 삼킨다.

"야, 너희 다 나왔구나!"

마리우스가 내 배낭을 받아 든다.

"우리가 널 엄청나게 기다렸다 이거야! 넌 자랑스러워해도 돼."

"근데 내 배낭은 내가 들 수 있어."

"아니, 놔둬. 친구야, 네가 와서 좋다!"

120.

펠릭스와 유리는 관객이 가득 들어찬 강당의 무대 한편에 서 있었다. 그리고 먼저 공연한 학생들에게 쏟아지는 박수 소리를 들으며 자신들 차례가 되기를 기다렸다. 두 사람은 거울 장면을 연기할 마지막 배우들이었다. 그들은 커다란 프로젝터 옆에 있는 푸푸에게 한 번 눈길을 주었다. 이 오래된 기계는 학교 지하실에서 폐기되려던 것을 구해 낸 것이었다. 마침 공연에 꼭 필요한 기계였다. 푸푸가 엄지손가락을 치켜들었다. '준비 완료.'

펠릭스는 둘이 함께 지점토로 만든 둥그런 우주 비행사 헬멧을 유리가 쓰도록 도와주었다. 그러곤 자신도 헬멧을 착용했다. 얼굴 앞쪽에

타원형으로 조각을 잘라 내어 밖을 볼 수 있게 만든 것이었다. 스키복을 입고 있어서 말할 수 없이 더웠다. 펠릭스가 이 정도는 버틸 수 있을 거라 생각하는 순간 벌써 음악이 시작되었다. 존 윌리엄스가 작곡한 스타워즈 주제곡이었다. 무대에 선 펠릭스와 유리는 방금 우주선에서 내려 무중력 상태에서 첫발을 내딛는 사람처럼 비틀거리며 걸었다. 그건 '속도 2단'에 맞춰 발끝으로 걸으면서 걸음 사이사이마다 가볍게 뛰는 것이었다. 두 사람은 등 뒤에서 무슨 일이 벌어지는지는 신경 쓰지 않고 무대 가장자리에 설치된 은색 꽃을 꺾었다. 펠릭스와 유리가 몸을 돌리자 갑자기 커다란 타원형 거울 테두리가 서 있었다. 모든 장면에서 고정적으로 등장하는 장치였다. 할머니의 화장 거울을 대형으로 만든 것 같은 그 거울은 테두리가 금색이고 바퀴가 달려 있었다. 거울 유리는 상상으로 채워야 했다.

.펠릭스와 유리는 놀란 표정으로 다가가 그 물건을 자세히 살폈다. 사방에서 만져 보고 그것이 거울이라는 것을 알아챈 두 사람은 그 앞에서 동시에 움직였다. 그때 작은 소리로 줄여 놓았던 음악이 최대 음량으로 다시 시작되었다. 특히 관악기가 팀파니와 함께 극적으로 변하는 대목에서 소리가 커졌다. 우주 비행사들은 깜짝 놀랐다. 이제 푸푸의 차례였다. 거울 뒤 벽에서 거대한 검은 괴물이 나타나 킹콩처럼 양팔을 들고 두 우주 비행사를 삼키려 했다. 겁에 질린 펠릭스와 유리는 바닥에 웅크리고 앉아 뭘 해야 좋을지 모르는 것 같았다. 그때 유리가 갑자기 한 팔을 높이 쳐들었다. 아이디어가 떠오른 것이다. 유리는 펠

릭스의 어깨에 올라타 그의 헬멧을 단단히 잡았다. 이제 펠릭스가 몸을 일으키고 유리는 그의 어깨에서 떨어지지 않아야 하는 위태로운 순간이 찾아왔다. 2인 1조로 뭉친 둘은 처음엔 상당히 흔들렸지만 곧 안정감 있게 똑바로 서는 데 성공했다. 두 우주 비행사는 이제 괴물과 거의 같은 크기가 되어 거울 쪽으로 다가갔다. 그에 비례해 괴물은 점점 작아졌다. 두 사람은 거울을 뚫고 반대편으로 건너가 검은 그림자가 완전히 사라질 때까지 벽을 향해 걸어갔다. 펠릭스는 무릎을 조금 굽혀 유리가 어깨에서 뛰어내릴 수 있게 했다. 둘은 서로 손을 맞잡고 무중력 상태로 무대 가장자리로 걸어갔다. 관객석에 있던 선생님과 학부모와 학생들은 휘파람을 불고, 환호성을 지르고, 손바닥이 아플 때까지 박수를 쳤다.

펠릭스가 무대 옆 공간에서 우주 비행사 헬멧과 스키복을 벗고 있는데, 알바가 옆에 와서 섰다.

"우리 집 정원에 같이 갈래? 작은 파티를 준비했어. 율리우스가 알프스식 돌 화단 완성을 축하하고 싶어 해. 그것 말고도 축하할 일이 몇 개 더 있어."

알바가 윙크했다.

"해먹 팀도 올 거야. 혹시 너희 어머니가 오고 싶다고 하시면, 그것도 문제없어!"

펠릭스는 용기를 냈다. 그는 알바를 조심스럽게 껴안았다. 그리고 알바가 포옹에 화답하는 것을 느낀 순간 몇 초 동안 그녀를 놓지 않았다.

그 순간이 그에겐 영원처럼 느껴졌다. 이윽고 몸을 푼 펠릭스가 배낭을 집어 들고 미소 지었다.

"좋아, 그럼 가자."

지은이의 말

펠릭스Felix라는 이름은 '행복한 사람'을 의미합니다. 고대 로마의 황제들도 성공적인 통치를 뜻하는 좋은 징조로 자신을 이 이름으로 불렀습니다. 그러나 이름은 행복을 보장하지 않습니다. 이 책에 나오는 펠릭스도 그걸 경험합니다. 펠릭스는 내가 지어낸 인물이지만, 그의 경험을 실생활에서 공유하는 수많은 젊은이들과 비슷한 점이 있습니다.

통계에 따르면 오스트리아에서는 매년 약 2000명의 아동과 청소년들이 성폭력 피해를 입습니다. 스위스에서는 1000여명이, 독일에서는 1만 4500명의 어린이와 청소년이 성폭력 피해자입니다. 이는 의사와 병원 측에 알려져 있거나 경찰에 신고된 사례입니다. 드러나지 않은 사례는 더 많을 것으로 추측합니다. 피해자에는 소녀도 있고 소년도 있습니다. 많은 아이가, 특히 나이 어린 아동이 입는 선정적인 피해 사례들을 우리는 매체를 통해 듣습니다. 매체들은 흔히 가해자, 그리고 성폭력이 오래도록 발각되지 않을 수 있게 협력한 자들 위주로 보도합니다. 피해자가 어떻게 살아가는지, 성폭력이 피해자의 현재와 미래에 어떤 영향을 미치는지에 대해서는 거의 다루지 않습니다. 그러나 나는 성폭력이 한 인간에게 어떤 영향을 미치는지 이해하기 위해서는 이 피해자의 관점이 대단히 중요하다고 생각합니다. 그것이 이 책을 쓴 이유입니다. 이 책은 학생이나 동급생, 이웃집 자녀, 또는 스포츠 클럽의 친구가 갑자기 평소와 다르게 행동할 때 유심히 살펴보라고 독려하는 책입니다. 누가 갑자기 사람들과의 접촉을 피하고, 그 무엇에서도 즐거움을 느끼지 못하거나 사소한 일에도 화를 내고 공격적이 된다면, 그건 뭔가 단단히 잘못되었다는 분명한 신호입니다. 당사자가 거부하더라도 조심스럽게, 가능하면 몇 번이고 물어보고, 대화를 하겠다는 열린 자세를 견지하고, 다른 친구들이나 어른에게도 이 점을 알게 하는 것, 이것이 우리가 반드시 해야 하는 일입니다. 만일 '오직' 사춘기 때문에 생활이 엉망이 되는 것이라면, 괜찮습니다. 그렇다고 사춘기를 핑계 삼아 그 문제에 더는 관심을 갖지 않아서는 안 됩니다. 안타깝게도 그런 일이 너무 많이 발생합니다. 지극히 개인적인 일에 관해 이야기하는 것이 어렵기 때문입니다. 특히 성과 폭력이 개입되었을 때는 더욱 그렇습니다.

폭력이나 성폭력을 경험한 사람은 떠나지 않는 두려움과 머릿속에 남아 있는 당시의 모습에 어떻게 대처해야 할까요? 달마이어 선생님은 그것을 이 소설의 마지막 부분에서 펠릭스에게 보낸 편지에 적고 있습니다. "뭔가가 치유되려면 일어난 사건에 대해 말하는 것이 대단히 중요해." 하지만 때론 그게 가장 어려운 일이기도 합니다.

많은 피해자가 폭력에 노출된 경험을 부끄럽게 여기고 심지어 자신이 겪은 일에 본인도 책임이 있다고 느낍니다. 폭력 이후에 가해자로부터 추가로 협박을 받고 침묵을 강요당하면서 또 한 번 스트레스를 받는 경우도 많습니다.

그럼에도 불구하고 경험한 일의 무게에 눌려 주저앉지 않고 어떻게 살아갈 수 있을까요? 우리 인간에게는 대단히 불쾌하거나 충격적인 경험을 잠시 잊게 도와주는 방어 기제가 있습니다. 우리는 불쾌한 경험을 억눌러 의식의 가장 구석진 곳에 숨겨 놓고, 어느 정도 평소와 다름없이 일상생활을 하려 합니다. 학교에 가고 대화도 하면서 모든 게 괜찮은 척 행동합니다. 그러나 이런 방어 기제는 우리가 경험한 것을 결코 치유하지 못합니다. 펠릭스는 수영 코치가 그에게 저지른 짓에 관한 기억을 억누르지만, 그 기억은 괴물이 되어 자꾸 그에게 나타나 그를 질식시키려 합니다. 일어난 일에 대한 기억은 펠릭스에게 고통입니다. 그 고통은 그가 그 문제에 대해 이야기하고 전문가의 도움을 받아야만 없앨 수 있습니다. 그럼에도 기억이 완전히 사라지지 않는 경우가 있겠지만 펠릭스는 고통에 대처하는 법을 배울 것입니다.

폭력을 당한 경험은 사소한 일이 아니라 피해자를 평생 따라다니는 가혹한 체험입니다. 그렇기 때문에 가능한 모든 도움과 지원을 제공하는 것이 중요합니다.

그 밖의 몇 가지를 언급해 둡니다.

수사관, 스파이, 요원 명단이 실제로 존재합니다. 문학 작품에 등장하는 이 인물 명단을 위키피디아에서 찾을 수 있습니다.

하미드가 연주한 이란 악기는 산투르santur로, 가느다란 채로 줄을 쳐서 연주하는 치터zither처럼 생겼지만 손으로 뜯지 않고 나무 채로 두드리기 때문에 현악기인 덜시머Dulcimer의 일종입니다. 아래쪽에 지지대 역할을 하는 핀이 달린 현악기는 카만체Kamantsche이고, 대형 탬버린은 테가 있는 북으로 다이라Daira 또는 다프Daff라고 부릅니다.

흥미로운 질문으로 삶을 각성시키고, 나무 글자로 질문을 만들어 울타리에 꽂아 놓거나 유리창에 붙인 예술가는 리타 프린트Rita Frind로, 쾰른에 살고 있습니다.

감사의 말을 전해야 할 사람들이 남았습니다. 슈테판과 카르멘은 나를 지지하고 훌륭한 조언을 해 주었으며, 막달레나는 근무하는 학교에서 연극반을 지도하면서 학생들과 거울을 주제로 작업을 했습니다. 이들에게 고마운 마음을 전합니다.

브리기테 윙거

2021년 5월, 린츠

그날 물고기는 죽었다

초판 인쇄 2023년 9월 25일 **초판 발행** 2023년 9월 25일

지은이 브리기테 윙거 **옮긴이** 이기숙

펴낸이 남영하 **편집** 전예슬 김주연 김가원 **디자인** 박규리 **마케팅** 김영호 변수현

펴낸곳 ㈜씨드북 **주소** 03149 서울시 종로구 인사동7길 33 남도빌딩 3F **전화** 02) 739-1666 **팩스** 0303) 0947-4884

홈페이지 www.seedbook.co.kr **전자우편** seedbook009@naver.com **인스타그램** instagram.com/seedbook_publisher

ISBN 979-11-6051-572-5 (43850)

Brigitte Jünger: Monster

Copyright © 2021 by Verlag Jungbrunnen Wien

All rights reserved.

Korean Translation Copyright © 2023 by Seedbook Publishing

This Korean Edition was published by arrangement with Verlag Jungbrunnen, Wien through BRUECKE Agency.

이 책의 한국어판 저작권은 브뤼케 에이전시를 통해 Verlag Jungbrunnen과 독점 계약한 ㈜씨드북에 있습니다.
저작권법에 의해 한국 내에서 보호를 받는 저작물이므로 무단 전재와 무단 복제를 금합니다.